AF455953

SAVL,
TRAGEDIE.
A PARIS
Chez { Antoine de Sommauille, en la petite salle, à l'Escu de France. & } au Palais.
Augustin Courbé, en la mesme salle, à la Palme. 1642

SAVL,

TRAGEDIE

DE

M^R DV RYER.

A PARIS,

Chez ANTOINE DE SOMMAVILLE, en la petite salle, à l'Escu de France. ET AVGVSTIN COVRBE', en la mesme salle, à la Palme. au Palais.

M. DC. XXXXII.

Auec Priuilege du Roy.

(2)

IE ne dedie cet ouurage à personne, parce que ie le dedie à tout le monde. Ie le donne aux Grands & aux Petits, aux Profanes & aux Religieux; parce que les vns & les autres peuuent trouuer dans son subjet vne instruction sans aigreur, & vn diuertissement sans scandale. Si ces Illustres Personnes à qui nous auons accoustumé de presenter nos ouurages, & de qui les noms venerables sont les premiers charmes, & bien souuent les seules beautez que l'on remarque dans nos Liures, sont en quelque façon obligées de nous donner leur protection, quand nous leur faisons des hommages, des productions de nostre esprit; Il semblera sans doute que ie veuille interesser tout le monde en la deffense & en la protection de

Saül, puiſque chacun peut dire que ie luy en fais vn preſent, & que c'eſt à luy que ie le dedie. Mais il ne m'importe pas de quelle façon l'on en juge; on ne ſçauroit trouuer eſtrange, que ie cherche des approbateurs de mon trauail: Et quelque modeſtie qu'on affecte, il eſt bien difficile de perſuader qu'on ne cherche pas de la gloire, quand on va ſe monſtrer en public, & que l'on entre dans la barriere. Toutefois, comme on s'égare ſouuent dans le chemin de la gloire, & qu'en penſant y monter on tombe dans le precipice qui n'en eſt jamais éloigné; ie ne demande point qu'on me donne de la reputation pour auoir fait quelques Vers qui peut-eſtre ne déplaiſent pas; Ie demande ſeulement qu'on me ſçache bon gré d'auoir au moins eſſayé de faire voir ſur noſtre Theatre la majeſté des Hiſtoires ſaintes. Comme j'ay eu cet auantage d'y faire paraiſtre le premier des ſubjets de cette nature auec quelque sorte d'applaudisse-ment; si j'en ay merité quelque chose, ie souhaite pour ma recompense que ie serue en cela d'exemple, & que mes Maistres, ie veux dire ces grands Genies qui rendroient l'ancienne Grece enuieuse de la France, deuiennent mes imitateurs dans vn dessein si glorieux. Ainsi l'on ramenera la poësie à son ancienne institution, on rejoindra l'vtilité au plaisir, & l'instruction au diuertissement: Ainsi les ennemis de nos Muses en deuiendront les amans; & le Theatre suspect à ceux qui ne le connoissent pas, deuiendra pour tout le monde la plus agreable Eschole où l'on puisse apprendre la Vertu.

ACTEVRS

SAVL, Roy de Iudée.

IONATHAS, fils de Saül.

MICHOL, fille de Saül.

ABNER.

PHALTI.

LA PYTHONISSE.

L'OMBRE de Samüel.

ACHAS, Escuyer de Ionathas.

L'ESCVYER de Saül.

La Scene est aux enuirons du Mont de Gelboé, en Iudée.

SAVL,

SAVL.
TRAGEDIE.
ACTE PREMIER.
SCENE PREMIERE.

SAVL. MICHOL. IONATHAS.
Et deux autres enfans de Saul.

SAVL.

CESSEZ, mes chers enfans, de consoler vn Pere,
Que le Ciel met en butte aux coups de sa colere,
Quand son bras irrité frappe si rudement
Vne soudaine mort est vn soulagement.

Fuyez donc de mes yeux, fuyez d'vn miserable,
Depeur qu'en l'appuyant son sort ne vous accable,
Et que d'vn Dieu vangeur l'equitable courroux,
En tombant dessus luy, ne tombe dessus vous.

MICHOL.

Quoy, vous despoüillez-vous de ce courage extresme
Qui dessus vostre front asseure vn Diadesme?
Refusez-vous de vaincre & de viure pour nous?
Et vous mesme auiourd'huy vous abandonnez-vous?

SAVL.

Ha! ne me forcez point d'auoüer ma foiblesse,
Ouy, ie perds tout espoir, mon courage me laisse,
Quand le Ciel abandonne vn esprit combattu,
Il est abandonné de sa propre vertu.

IONATHAS.

Quel succez, quel prodige effroyable & funeste
Marque dans vos Estats la colere celeste?
A t'on veu contre vous vn peuple reuolté,
Porter la guerre au Trosne où vous estes monté?
Le void-on murmurer contre l'obeyssance,
Dont il doit honnorer la supresme puissance,
Et qui se conseruant sans la crainte des Lois,
Est le plus fort appuy de la grandeur des Rois?

Hé bien, les Philistins vous declarent la guerre,
Ont-ils du Dieu viuant emprunté le tonnerre?
Ont-ils tant de bon-heur, ont-ils tant de vertu,
Qu'on ne puisse les voir sans en estre abbatu?
Combien, combien de fois ce barbare aduersaire
A-t'il fait en Iudée vn effort temeraire?
En quel temps, en quel lieu tombant dessous nos coups,
N'a-t'il pas ressenty que le Ciel est pour nous?
Ses Prouinces en feu, ses forces estouffées
N'ont-elles pas cent fois enrichy nos trophées?
Bref, ne diroit-on pas qu'il apporte en ces lieux
Moins la guerre & l'effroy, qu'vn butin glorieux?
Et que ses nations tant de fois nos sujettes,
De mesmes qu'vn tribut nous doiuent leurs deffaites:
Est-il donc en estat de donner de l'effroy?
A-t'il appris à vaincre en fuyant deuant moy?
Non, non, mais repentant d'auoir osé paraistre,
Il est déja vaincu par la crainte de l'estre:
Il sçait de qu'elle ardeur nous sommes animez,
Que nous sommes pour vaincre à vaincre accoustumez,
Et que si par la gloire, on arriue à la gloire,
Par la victoire aussi, l'on monte à la victoire.
A quelque extremité que soient reduits nos iours,
Accoustumer de vaincre est vn puissant secours.
Qui peut donc nous troubler? de quelles tristes craintes
Pouuons-nous iustement ressentir les attaintes?

Ha Sire, pardonnez à mon ressentiment,
Nous ne craignons plus rien que vostre estonnement.
C'est par le trouble seul, que vous ferez paraistre,
Que de nos ennemis les forces peuuent craistre;
Et par ce mesme trouble, à vostre Estat vainqueur
Vous pouuez arracher la victoire & le cœur.
Laissez voler la crainte où l'ennemy s'assemble;
Vn Roy n'est point troublé, que son trosne ne tremble;
Mais il conoist trop tard, quand il a succombé,
Que le Trosne qui tremble est à demy tombé,
Voyez en vos enfans, voyez en leur courage
D'vn triomphe immortel l'infaillible presage;
Dans le sein de la gloire ils ont tousiours vescu,
En fin ie suis le moindre, & i'ay tousiours vaincu.

SAVL.

Helas! ie trouue en vous toutes choses propices,
Mais ie ne trouue en moy que de tristes auspices;
Le signe du malheur où ie suis destiné,
C'est moy, c'est mon esprit, c'est Saul estonné.
Vne secrete voix me suit de place en place,
En tous lieux m'espouuante, en tous lieux me menace,
Chaque heure, chaque instant adiouste à sa rigueur,
Et c'est vn foudre en fin qui tonne dans mon cœur.
Qu'vn ennemy superbe attaque mes Prouinces,
Qu'il ioigne à ses efforts, les forces de cent Princes,

Qu'il arme contre moy tous ces peuples diuers
De qui les cruautez font trembler l'Vniuers;
Ce n'est pas leur fureur qui trouble mon attente;
C'est le Ciel ennemy, c'est Dieu qui m'espouuante.
Helas! i'ay consulté ce Iuge Souuerain
Pour sçauoir le succez d'vn trouble si soudain.
Mais ie n'ay rien appris, ny par la voix des songes,
Qui nous venans du Ciel sont exempts de mensonges,
Ny par la sainte voix des Prestres reuerez,
Et pour moy du futur mille fois esclairez.
I'ay depuis en tremblant consulté les Prophetes,
Mais ces bouches du Ciel sont encores muettes,
Leur silence effroyable estonne mes esprits,
D'vne secrete horreur ie m'en trouue surpris,
Et sens bien que ce Dieu, qui daigna me deffendre,
Abandonne celuy qu'il refuse d'entendre.

IONATHAS.

Ha Sire esperons mieux! le Ciel a mille voix
Dont il veut se seruir quand il respond aux Rois,
S'il n'a pas respondu par ces communs organes,
Que leurs propres deffauts peuuent rendre prophanes,
Il respond à vos vœux, ainsi qu'à vos projets
Par la fidelité qu'il laisse à vos sujets.
Croit-on que leur ardeur si forte & si puissante,
Se puisse conseruer que le Ciel n'y consente?

Et croit on que le Ciel daignast vous le garder,
S'il perdoit aujourd'huy le soin de vous ayder?
Cette sainte union, ce lien des Prouinces
Est l'ouurage d'vn Dieu qui protege les Princes,
C'est vn signe d'amour qu'il fait luire sur eux,
C'est la voix qui predit les succez bien-heureux,
Et malgré les brouillars, & malgré les tempestes
Qui tonnent si souuent sur les plus nobles testes,
C'est vn diuin rayon qui monstre aux Potentats
Que le Ciel les cherit, & soustient leurs Estats.

SAVL.

Ouy, ie sçay maintenant ce que le Ciel m'annonce,
Si le zele d'vn peuple en est vne responce;
Mon peuple est amoureux de mon autorité,
I'apperçoy de grands biens dans sa fidelité.
Mais.

SCENE II.

SAVL. ABNER. MICHOL. IONATHAS.

SAVL.

MAis que veut Abner, il semble qu'il s'estonne;
Quel tonnerre nouueau menace ma couronne;

Parle.

ABNER.

Ierusalem oubliant son deuoir.

SAVL.

Quel coup me donnes-tu? que me fais-tu sçauoir?
Parle.

ABNER.

Ierusalem autrefois si fidelle,
Semble perdre auiourd'huy son respect & son zele.

SAVL.

Vn peuple si chery ce seroit reuolté.

ABNER.

S'il ne sort pas encor de sa fidelité,
Au moins en murmurant il y fait une tache.

SAVL.

O Prince miserable! ô peuple? ô peuple lache!
Variable, aueuglé, malheureux est vn Roy
Qui conçoit de l'espoir, & qui le fonde en toy.
Il s'est donc repenty de paraistre fidelle:
Il murmure dis tu, mais dis qu'il est rebelle;

Puis que de son murmure à son sousleuement
On ne sçauroit compter qu'vn degré seulement.

ABNER.

On peut vaincre ce mal, il ne fait que de naistre.

SAVL.

Ce mal, ce mal est grand dés qu'il se fait paraistre.
Mais sçais-tu la raison d'vn peuple reuolté?

ABNER.

La raison de tout peuple est sa legereté.
I'ay voulu m'informer des causes de son crime;
Mais on luy parle en vain quand la fureur l'anime,
Le peuple est incapable en sortant du deuoir,
De donner des raisons comme d'en receuoir.

MICHOL.

Saul se promene en resuant.

Ha! sa douleur me tue: Ha! mon frere, son geste
Est d'vn trouble bien grand le signe manifeste.

SAVL.

Non, non, mais il le faut, Va donc, va Ionathas,
Cher & puissant appuy de mes tristes Estats;
Va donc, non, non, demeure: Helas que veux-ie faire?
Est-tu mon ennemy? suis-ie ton aduersaire?

Qu'as-tu

Qu'as-tu fait contre moy, qu'en as-tu merité
Pour t'exposer aux traits d'vn Peuple reuolté?
Si lors que ie le sers ce monstre m'abandonne,
S'il foule le respect qu'il doit à ma Couronne,
S'il me mesprise en fin, moy, moy qui le deffends,
Peut-il en sa fureur respecter mes enfans?

IONATHAS.

Sire, dépouillez-vous de l'amour paternelle
Qui vous peint des dangers où vostre bien m'appelle,
Quand mesme mon malheur m'y pourroit engager;
Puis-je mieux vous seruir qu'où regne le danger?
Mais c'est trop consulter sur vn point necessaire,
Trop de retardement peut vous estre contraire,
Peut-estre que ce mal, qui commençoit son cours,
Estoit tantost encor capable de secours,
Et lors que nous parlons (ô penser effroyable)
Peut-estre qu'il s'augmente, & deuient incurable.
Ne vous nuisez donc pas par mon retardement,
C'est perdre icy beaucoup que de perdre vn moment.

SAVL.

Iray-je où l'on a veu cette flame allumée?
Mais il faut que ma veuë anime mon armée.
Va donc, & tâche en fin de calmer ce grand bruit,
Deuant que l'ennemy puisse en tirer du fruit.

Va mon cher Ionathas, & rends obeissance
A la necessité plustost qu'à ma puissance.
C'est elle qui t'esloigne & t'oste de mes bras.

IONATHAS.

Qui va seruir son Roy ne s'en esloigne pas.
Sire, ne doutez point que ma seule presence
N'abbate des mutins l'orgueilleuse insolence.

SCENE III

SAVL. MICHOL.

SAVL.

VN peuple se reuolte! vn peuple infortuné,
Que i'auois de la honte à la gloire amené!
Vn Peuple de soy-mesme esclaue, miserable,
Et par mes seuls trauaux deuenu redoutable!
Qui ne connoist son Roy que par mille bien-faits,
De qui i'ay chaque iour surpassé les souhaits,
De qui sans mes efforts toute la terre entiere
Seroit ou la prison, ou bien le cimetiere,
Et qui de ma bonté voyant tant de tesmoins
Par sa rebellion recompense mes soins!

Ha, ce penser me tue; ha peuple, engeance, ingratte,
O monstre redoutable à quiconque le flatte.
Trop de facilité le rend imperieux,
Trop de prosperité le rend injurieux,
Il falloit l'abaisser, il falloit le contraindre,
Si le peuple ne craint luy mesme il se fait craindre.

MICHOL.

Dauid est vn secours.

SAVL.

Quoy? Dauid, vostre espoux?
Ha son nom seulement excite mon courroux,
Ne m'en parlez iamais,

MICHOL.

Vous sçauez ses seruices.

SAVL.

Ne m'en parlez iamais ie sçay ses artifices.

MICHOL.

Ha Sire, le soupçon qui semble vous saisir
Est de ses ennemis l'ouurage & le plaisir.
Mais bien que la vertu soit tousiours adorable,
Croyez ses ennemis, elle sera coupable;

Elle descend du Ciel qui l'a fait triompher,
Croyez ses ennemis, elle vient de l'enfer.

En fin ie iugerois.

MICHOL.

Quoy! vous suis-ie suspecte?

SAVL.

Le nom de pere est saint, ie croy qu'on le respecte.

MICHOL.

Ouy, Sire, on le respecte, en iuger autrement,
C'est pour vne innocente ordonner vn tourment,
Mais comme ie ferois ma honte & ma misere
D'auoir esté suspecte à mon Prince, à mon Pere,
Ie ferois gloire aussi pour vn illustre espoux,
De paraistre suspecte à tout autre qu'à vous.

SAVL.

Si Dauid ayme encore ou sa femme ou son Maistre,
Cét orage naissant nous le fera paraistre;
Son pays apprendra sa generosité;
Sa femme, son amour; moy, sa fidelité.

SCENE IV.

SAVL. PHALTI. MICHOL.

SAVL.

PHalti qu'apprenez-vous?

PHALTI.

Que l'ennemy s'auance,
Redoutable en tous lieux par sa seule insolence.
Il brusle, il pille, il tue; il croid tout accabler,
Et pense auoir vaincu ceux qui l'ont fait trembler.
Mais ce qui le rend fort; C'est

SAVL.

Que l'on vous entende.
Parlez haut, ie le veux.

PHALTI en monstrant Michol.

Mais.

SAVL.

Ie vous le commande.

PHALTI.

Considerez, Madame, en cette extremité,
Et mon obeyssance, & la necessité.
Si la funeste voix que vous allez entendre
Vous doit toucher le cœur par l'endroit le plus tendre,
Si cette voix en fin vous donne de l'effroy,
C'est la voix du public qui parle malgré moy.
Oüy Sire, & ie le dis auec plus de contrainte,
Et l'ame de douleur plus viuement attainte,
Que s'il falloit moy-mesme, à moy-mesme odieux,
M'accuser du forfait que i'expose à vos yeux.
David, que ne peut-on s'imaginer le reste,
Ou bien me dispenser d'vn rapport si funeste,
David marche aujourd'huy parmy vos ennemis,
Et soustient contre vous ceux qu'il vous a soubmis.

SAVL.

O lâche & digne objet d'vne hayne immortelle,
Ie te croyois meschant, non toutesfois rebelle,
Mais la rebellion dont tu parois atteint,
Monstre bien qu'vn meschant est tout ce que l'on craint.
I'ay receu cét ingrat dedans mon alliance,
Ie l'ay fait compagnon mesme de ma puissance,
Ha qui peut arrester des traistres, des ingrats,
Si mesme les honneurs ne les arrestent pas.

Non, non, ne doutons plus que ma ruine entiere
A ses vœux criminels n'ait fourny de matiere,
Et qu'enfin la fureur d'vn peuple reuolté
Ne soit mesme vn effet de son impieté.

MICHOL.

Sire.

SAVL.

N'en doutons plus, son procedé l'exprime,
Le coupable qu'il est, a medité ce crime,
La conceu, la formé, la nourry dans ma Cour,
Et ne fait aiourd'huy que l'exposer au iour,
Moins cruel ennemy, moins perfide, moins lâche,
Quand il le rend public qu'à l'instant qu'il le cache.
Deffendez maintenant ce genereux Espoux,
Croyez qu'il vous protege, & qu'il combat pour nous;
Croyez qu'il vous cherit, & qu'il vous considere,
Quand il attaque vn Trosne où regne vostre Pere;
Si ce n'est que l'amour luy fasse cette loy,
Que pour vous faire Reyne, il doit se faire Roy.
Oüy, Dauid veut regner, le traistre qui conspire
Croid qu'vn crime est permis s'il promet vn Empire.

MICHOL

Dauid a le cœur grand, & non pas inhumain.

SAVL

Il faut bien qu'il soit grand auec ce grand dessein.
Mais ne m'en parlez plus, il est temps qu'il perisse,
Parler pour vn rebelle est en estre complice,
Et la rebellion est le seul des forfaits
Qu'vn Roy qui veut regner ne pardonne iamais.

MICHOL

Sire, s'il est coupable, il est temps qu'il perisse,
Et sa femme elle-mesme en feroit la iustice.
Mais sans parler pour luy, ses seruices passez
Contre de vains soupçons le deffendent assez,
Ou meritent du moins par leur premiere estime,
Qu'on suspende la foy que l'on donne à ce crime.
Ha Sire, vn Roy rendra ses suiets malheureux,
S'il croid trop promptement ce que l'on dit contr'eux,
Il facilitera les crimes de l'enuie,
Luy donnera pouuoir sur la plus belle vie,
Monstrera de splendeur le vice reuestu,
Et fera de sa Cour l'escueil de la Vertu.
Ie ne m'estonne pas que Phalti se declare,
Et qu'il monstre à Dauid la hayne d'vn barbare;

Il m'ayme, & croid enfin qu'en vous representant
Et Dauid criminel, & Dauid mescontent,
Il vous inspirera cette hayne couuerte
Qui luy fait de Dauid solliciter la perte;
Et que de cette hayne auecques peu d'effort
Il vous fera passer au dessein de sa mort:
Ainsi Phalti trauaille, & ne se met en peyne
Que pour rendre son Roy l'instrument de sa hayne,
Que pour en obtenir sans regle & sans raison
Le prix d'vn lâche Amour, & d'vne trahison.
Gardez nous donc au moins vn regard fauorable,
Ne croyez pas si tost que Dauid soit coupable;
Doit-il estre à son Prince vn objet odieux,
Quand il n'est accusé que par ses enuieux?
Voyez qui le combat, voyez qui le diffame,
L'ennemy de sa gloire, & l'amant de sa femme.

SAVL.

Vous le deuez haïr si vous estes pour moy.

MICHOL en regardant Phalti.

Ie hay tous les sujets qui trahissent leur Roy.

PHALTI.

Ie le sers bien Madame.

SAVL.

Allons reuoir l'armée.

SCENE V.

MICHOL seule.

QV'on le trompe ayſément ! que ſon ame eſt charmée !
Ou que l'auerſion, cét aueugle tranſport
Le diſpoſe ayſément à croire vn faux rapport !
Croire Dauid coupable auec ſi peu de peyne,
Cette facilité monſtre beaucoup de hayne.
Mais que croy-je moy-meſme? ha mon cœur que fais-tu?
Croiras-tu que Dauid a trahy ſa vertu,
Et qu'il porte luy-meſme en cette triſte terre
Le tragique flambeau dont s'allume la guerre?
Mille outrages receus auec indignité,
Peuuent faire douter de ſa fidelité;
Mais auſſi ſa vertu me rend ce teſmoignage,
Que qui veut en douter luy fait vn autre outrage.
Mais helas! le plus ſaint peut meſme auec horreur
Faire de ſa conſtance vne iniuſte fureur.

Vn grand cœur irrité se sent, se manifeste,
Sort en fin de soy-mesme, & fait ce qu'il deteste.
O David par les tiens autrefois respecté :
O David par les tiens aujourd'huy redouté,
Déplorable sujet d'où procede ma plainte,
Autrefois mon espoir, & maintenant ma crainte,
Quand je parle pour toy dans vn mal si pressant,
Est-ce pour vn coupable, ou pour vn innocent.

Fin du premier Acte.

ACTE II

SCENE PREMIERE.

PHALTI, SAVL, ABNER.

PHALTI.

D'OV reuiennent encor ces nouuelles tenebres
Qui n'offrent à vos yeux que des objets funebres?
Vous auez veu le camp, vos chefs & vos soldats
Poussez d'vn mesme esprit marchent d'vn mesme pas.

SAVL.

Ie crains pour Ionathas, & quand ie considere
D'vn peuple mutiné l'effroyable colere,
Ce miserable fils renuersé de son rang
Ne paroist à mes yeux que couuert de son sang.

ABNER.

Le peuple le cherit, n'en soyez point en peine.

SAVL.

Le peuple va bien tost de l'amour à la haine;
Mais vn autre sujet plus fort & plus pressant,
Excite dans mon ame vn trouble plus puissant;
Le mal qui dessus moy fait plus de violence,
C'est du Ciel irrité l'effroyable silence.
L'effet de sa fureur paroist de tous costez,
Ie voy dans mes Estats mes peuples reuoltez,
Mes ennemis plus forts mesme dans mon armée
Contre vn poison secret l'espouuante est semée.
Ceux qui deuroient m'ayder conspirent contre moy,
L'ennemy de leur Prince est aujourd'huy leur Roy,
Et peut estre qu'aydez dans leurs desseins tragiques,
Ils regnent dans mon camp par de sourdes pratiques.

PHALTI.

Dauid estoit à craindre estant aupres de vous,
Malgré luy maintenant on void venir ses coups,
Ne vous plaignez donc pas d'auoir perdu ce traistre,
Le traistre fait vn bien quand il se fait conaistre.

SAVL.

En fin de tous costez ie ne voy que malheurs;
Mais si le Ciel contraire est sourd à mes douleurs,
S'il veut par son silence aujourd'huy me confondre,

Cherchons des voix ailleurs qui puisse me répondre.
Sçachez donc, mais sçachez qu'on me doit escouter,
Non pour donner conseil, mais pour executer.

PHALTI.

Quoy que veuille ordonner vostre auguste puissance,
Nous ne vous respondrons que par l'obeissance.

SAVL.

A quoy me resoudray-je ? ha c'est trop consulter,
L'enfer est le secours que nous deuons tenter.
Qu'on cherche donc quelqu'vn qui puisse par les charmes
Me monstrer le succez qui doit suiure mes armes.
Aydez le plus troublé des Rois infortunez,
Que l'on cherche quelqu'vn. Quoy, vous vous estonnez ?

ABNER.

Ha Sire, quel dessein !

SAVL.

Ce dessein est vn crime,
Mais la necessité le rendra legitime,
C'est le dernier espoir d'vn Prince malheureux,
A soy mesme aujourd'huy cruel & dangereux,
A qui dans les douleurs, dont son esprit abonde,
Du Ciel ou de l'Enfer n'importe qui responde,

Plus accablé d'ennuys qu'vn esclaue de fers;
Si ie n'esmeus les Cieux, i'esmouueray les enfers.

PHALTI.

Ha Sire, ce dessein sera vostre supplice.

SAVL.

Il faut que dans la nuit ce dessein s'accomplisse.

PHALTI.

Mais Sire.

SAVL.

Obeïssez, & ne respondez pas.

PHALTI.

Vous auez fait punir d'vn rigoureux trespas
Tous ceux de qui l'esprit & la noire science,
Auecques les enfers ont de l'intelligence;
Le moyen d'en trouuer.

SAVL.

Va, cherche seulement,
Et garde si tu peux de chercher vainement.
Feins ce que tu voudras.

PHALTI.

Mais voicy.

SAVL.

Que veut-elle?

SCENE II.

MICHOL, SAVL, PHALTI.

MICHOL.

Souffrez que ie paroiße où mon deuoir m'appelle,
Et que i'obtienne encor de vostre Majesté
De parler vne fois auecques liberté.
I'animeray sans doute & la hayne & l'enuie,
Ces monstres ennemis des beaux iours de la vie;
Mais ie sçay qu'vn Roy iuste, & tousiours indompté
Ne condamnera pas vn acte d'equité.
Ainsi dedans mon ame en suspends retenuë,
L'esperance s'augmente & la peur diminuë;
Craindrois-je que ma voix esmeut vostre courroux,
Vous estes équitable, & ie parle pour vous.

Oüy,

Oüy, par quelques transports que ma douleur s'exprime,
Sire, mon interest n'est pas ce qui m'anime;
Si ce n'est en ce point, que l'interest des Roys
Est l'interest de ceux qui viuent sous leurs loix.
    On vous a peint David d'vne couleur si noire,
Que sa femme elle-mesme a douté de sa gloire;
Mais enfin, sa vertu qu'on ne sçauroit tacher,
Perce l'obscurité qui vouloit la cacher.
    Quoy Sire, vous fuyez vostre fille affligée;
Mais n'abandonnez pas vostre cause outragée,
Et ne laissez pas croire aux esprits enuieux,
Que dans leur injustice ils ont vn Roy pour eux.
Que si ma liberté vous paroist criminelle,
Au moins pour l'excuser considerez mon Zele;
Que l'Estat, que le Sang, vous parle icy pour moy,
Et que le nom de Pere adoucisse mon Roy.
Si le soupçon d'vn crime, & non pas vostre hayne,
Arme contre David vostre main Souueraine,
Que vostre Majesté qui daigna l'esleuer,
Le rappelle du moins afin de l'esprouuer.
S'il vient, s'il obeït, il se monstre fidelle;
Et s'il n'obeït pas il se monstre rebelle:
Ainsi vous apprendrez si vous estes trahy,
Si David est coupable, ou bien s'il est hay.
Ainsi malgré les maux, les perils, les naufrages
Qui suiuent de si pres les plus nobles courages,

Ie demande Dauid, non pour voir vn espoux,
Mais pour le voir mourir en combattant pour vous.
S'il perit pour son Roy, i'aimeray les batailles
Qui luy feront trouuer d'illustres funerailles,
Et quand ie le verray dans vn noble cercueil,
La cause de sa mort consolera mon deüil.
Enfin comme mon Roy m'est plus cher que moy-mesme,
Ie tasche pour mon Roy d'exposer ce que i'ayme.
Souffrez donc que Dauid tesmoigne vne autrefois
Qu'il sçait vaincre pour vous les Geans & les Rois,
Ou souffrez qu'en mourant il vous donne vne marque
Qu'il fut iniustement suspect à son Monarque.
Veut-on d'autres tesmoins de constance & de foy,
Que le sang d'vn subjet respandu pour son Roy.

SAVL.

I'approuue qu'vne femme illustre son courage
A deffendre vn mary que l'infortune outrage,
I'approuue qu'elle fasse vn effort genereux,
Afin de secourir son Pere malheureux;
L'vn & l'autre dessein est vn dessein auguste,
Et ne pas l'escouter, c'est se monstrer injuste.
Ainsi me laissant vaincre aux maux que vous sentez,
I'ay tousiours sans aigreur vos discours escoutez,
I'ay cherché des raisons, & i'en cherche à cette heure,
Pour rendre vostre cause & plus forte & meilleure;

I'ay parlé dans mon cœur pour Dauid & pour vous,
Ma iustice a long-temps suspendu mon courroux;
Mais en vain pour Dauid mes faueurs se preparent,
Ses propres actions contre luy se declarent,
Et ie souhaiterois au bien de mes Estats,
Que l'on pût sans soupçon se seruir de son bras.
Mais dois-je me seruir d'vne main criminelle,
Qui jont mesme l'effet au soupçon qu'on a d'elle?
Perdez donc le soucy que vous auez pour moy,
Vous agissez en femme, & moy i'agis en Roy.

MICHOL.

Ha Sire, en l'accusant on vous fait vne iniure;
Puis qu'on veut vous forcer de croire vne imposture,
Bien qu'on ait peint Dauid odieux à son Roy,
Il est dans Siselec plein d'ardeur & de foy;
Et c'est là qu'il attend que vostre ordre l'appelle,
Qu'il luy permette encor de tesmoigner son zele,
Et de monstrer enfin qu'en son auersité,
Il s'est fait vn tresor de sa fidelité.
Vous qui le combattez, & dont la noire enuie Elle parle à Phalti.
S'efforce de ternir le lustre de sa vie,
Si vous ne doutez point que de lasches desseins,
Arment contre son Roy ses parricides mains,
Si l'ayant accusé vous le croyez rebelle,
Demandez auec moy que son Roy le rappelle;

Demandez son retour, feignez de le presser,
Vostre honneur attaqué semble vous y forcer;
Si David a failly, si David est vn traistre,
Il suiura vos desirs, il n'osera paraistre;
Alors vostre vertu luira pompeusement,
Et qui vous blasme à tort, vous loura iustement.
Mais la peur d'vn succez à vos desirs contraire,
Malgré vos passions vous oblige à vous taire;
Vous craignez l'innocence, & i'excuse auiourd'huy
Qu'vn Riual de Dauid ne parle pas pour luy.

SAVL.

Vous allez trop auant; Si Phalti vous aspire,
Sçachez que cét espoir ne sçauroit me déplaire,
Sçachez que ie le veux. Mais Dauid s'est soubmis;
Il n'est pas, dites-vous, parmy nos ennemis.
Mais n'est-ce pas assez qu'il ait seruy ce Prince
Qui desole auiourd'huy cette triste Prouince?
Mais qui le contraignit de sortir de ces lieux?
Quelle iuste raison l'enleua de mes yeux?
Estoit-ce le dessein de deffendre sa vie?
Ma grace l'asseuroit mesme contre l'enuie.
Estoit-ce le dessein de se voir dans l'honneur?
L'honneur faisoit icy son souuerain bon-heur.
Il ne choisit donc pas cette fuite insensée
Pour asseurer sa vie en ces lieux menacée;

Il ne s'enfuit donc pas chez vn Prince odieux
Pour assouuir d'honneurs son cœur ambitieux,
Que monstroit donc alors sa fuite volontaire?
Sinon qu'il commençoit d'estre nostre aduersaire,
Que son cœur orgueilleux se lassoit d'obeir,
Que qui fuit de son Roy commence à le trahir.
Quand mesme il auroit veu d'vne affreuse disgrace,
Succeder les effets au bruit de la menace:
Mesme dans ce malheur luy seroit il permis
D'aller chercher vn port parmy mes ennemis?
Non, non, il doit plustost attendre la tempeste,
S'il ne peut autre part en garantir sa teste,
S'il ayme son deuoir, s'il le sçait respecter
Il perira plustost que d'en faire douter.

PHALTI.

Si ce sont là des maux dont il souille sa vie,
En doit-on accuser ma haine ou mon enuie?
Mais ie veux qu'il nous offre & son sang & ses iours,
Et que l'on doiue mesme accepter son secours,
Ie veux qu'il donne au Roy le plus grand tesmoignage
Qui puisse signaler vn fidelle courage,
Semble-t'il desormais que l'on doiue escouter
Vne infidelité dont il a fait douter?
Qu'en peut en fin iuger vn Prince magnanime,
Si donner des soupçons c'est commettre le crime?

MICHOL.

Ha Sire,

SAUL.

C'est assez.

MICHOL.

Oüy Sire, c'est assez.
Dauid est criminel si vous le hayssez.
O trop heureux Phalti, triomphez à ceste heure,
Tout le bien est pour vous, tout le mal me demeure.

PHALTI.

Ie ne triomphe point des miseres d'autruy,
Et le sort de Dauid me touche autant que luy.

MICHOL.

Il est digne de mort, si le Roy veut vous croire.

PHALTI.

Ses seules actions font iuger de sa gloire.

MICHOL.

Ses seules actions toutes pleines d'esclat
Vous font craindre pour vous, & non pas pour l'Estat,
L'amour de son païs est le feu qui l'allume,
Bien seruir est sa gloire, & vaincre est sa coustume.

SAVL.

C'est perdre le respect.

MICHOL.

Oüy Sire, ie le perds,
Mais le perdant ainsi, ie croy que ie vous sers,
Puis que ie vous descouure vn secours necessaire,
Et d'autant plus certain qu'il vous fut salutaire.

SAVL.

En Dauid vn secours! qu'a-t'il fait de si grand,
Qui ne soit du hazard vn effet apparant.

MICHOL.

Si Dauid vous déplaist, ha Sire ie doy taire
Ce qu'il a fait de grand de peur de vous déplaire;
Il n'est pas allié de vostre illustre sang,
Sans auoir par son bras merité ce haut rang.

SAVL.

Qu'il ne se vante point d'vne alliance auguste.
Ie sçauray luy monstrer combien elle est iniuste,
Et que l'on cesse enfin d'estre allié des Rois
Dés lors-qu'on se reuolte, & qu'on choque leurs droits,
Ie te promis ce prix, Phalti, ie te le donne.

MICHOL.

Moy! Dauid subsistant, & sans qu'il m'abandonne!

SAVL.

Le traistre s'est couuert d'vn opprobre eternel,
Et sçachez qu'il est mort, puis qu'il est criminel.

MICHOL.

Ha Sire, eust-il commis ces detestables crimes,
A qui l'on ne fait point de graces legitimes,
Le lien qui nous joint est si iuste & si fort,
Qu'à peine est-il deffait & rompu par la mort.

SAVL.

Le rompre est vn effet qui passe l'ordinaire,
Vn homme ne le peut, mais vn Roy le peut faire,
Et c'est en ce dessein que ie veux faire voir
Que les Rois & la mort ont le mesme pouuoir.
Mais Phalti, suy ton ordre, acheue ton voyage,
Cherche ce que tu sçais sans tarder dauantage,
Ne me fais point languir, & que deuant la nuit
De tes soins diligens puisse naistre le fruit.

PHALTI.

I'y vay Sire.

SAVL.

SAVL.

Ha douleur, ha douleur trop cruelle,
Ne peux-tu t'adoucir, ou te rendre mortelle?

ABNER.

Mais voicy Ionathas.

SCENE III.

SAVL, IONATHAS, ABNER, MICHOL.

SAVL.

HE' bien, qu'apprendrons-nous.

IONATHAS.

En fin i'ay de ce peuple appaisé le courroux.

SAVL.

D'où venoit sa fureur,

IONATHAS.

D'vne fausse nouuelle,
Qu'on rejette Dauid dont il conoist le Zele.

SAVL.

Mais enfin que veut-il.

IONATHAS.

Il demande Dauid.

SAVL.

Ce lasche, cét ingrat, qu'vn crime nous rauit?
Doncques pour contenter l'aueugle populace,
Ie serois laschement prodigue de ma grace!
Donc ie pourrois souffrir qu'à la honte des Rois,
Des sujets reuoltez m'imposassent des loix!
Non, non, que de poisons la discorde nourrie
Fasse parmy ce peuple esclater sa furie,
Qu'il sorte du deuoir où le Ciel la soubmis,
Nous auons surmonté de plus grands ennemis,
Qu'il se rende à Dauid, ou son desir s'enuole,
Qu'au lieu de son Monarque il s'en fasse vn idole,
Malgré les attentats de mes persecuteurs,
Ie feray choir l'idole & ses adorateurs.
Suiuriez des auis à l'honneur si contraires?

IONATHAS.

Voyez l'extremité qui touche vos affaires ;
C'est quelquefois courage & generosité
D'accorder quelque chose à la necessité.

SAVL.

Rappelleray-je vn traistre, auteur de nos miseres?

IONATHAS.

Non Sire, mais David, c'est la voix de mes freres.

SAVL.

Sont-ce là des conseils d'vn esprit genereux.

IONATHAS.

Ce sont là des conseils qui vous rendront heureux ;
Quoy que l'on entreprenne, vn conseil équitable
Est tousiours genereux, & tousiours honnorable.

SAVL.

Ie ne m'estonne pas de ce soin nompareil ;
Vn amy de David doit donner ce conseil.

IONATHAS.

Sire, i'ayme David, mais parce qu'il vous ayme,
Et vous parler pour luy, c'est parler pour vous mesme.

SAVL.

Quoy, mes propres enfans ennemis de leur sang,
Abandonnent leur Pere, & leur gloire, & leur rang?
Des subjets reuoltez demandent vn rebelle,
Et mes propres enfans soustiennent leur querelle!
Quels maux à mon esprit ne sont pas preparez,
Ie voy mes enfans parmy les conjurez?
Doncques ce Ionathas, autrefois vn tonnerre,
Aura besoin d'vn chef qui le mene à la guerre,
Aura besoin d'vn chef qui conduise son bras?
Autant de fois vainqueur qu'il tenta de combats.
Doncques ce Ionathas amoureux de la gloire
A d'autres bras qu'aux siens veut deuoir sa victoire.
Quel charme, quel poison, quelle froide langueur
Derobe à Ionathas & la force & le cœur?

IONATHAS.

S'il ne s'agissoit pas de la cause commune,
S'il ne falloit sauuer que ma seule fortune,
Dans la paix, dans la guerre, incapable d'effroy,
Ie ne voudrois que moy pour combatre pour moy.
Comme cent fois mon bras remporta la victoire,
Mon bras seul aujourd'huy me combleroit de gloire.
Mais lors que sans peril on ne peut hazarder,
Lors qu'on void tout en feu, lors qu'il faut tout garder,

Lors qu'vn throsne penchant est pres du precipice,
Qu'il faut que l'on triomphe, ou qu'il faut qu'on perisse,
En fin quand tout l'Estat dépend d'vn seul effort,
Le Roy le plus puissant n'est iamais assez fort.
Il n'est iamais honteux aux plus nobles courages
De chercher du secours contre les grands orages,
Mais trop de confiance en leur propre valeur,
A causé bien souuent leur honte & leur malheur.
Me blasme qui voudra de trembler dedans l'ame,
Mes seules actions me lauent de ce blasme,
Plus de forces, plus d'heur aux Estats menacez,
Et qui n'est qu'assez fort, ne l'est iamais assez.
Si vous alliez chercher des forces estrangeres
Afin de repousser nos communes miseres,
Peut-estre que l'Estat, peut-estre que nos iours
Receuroient de la honte aussi-tost qu'vn secours.
Mais Dauid est à vous, il vous cherche, il vous ayme,
Il est entre vos fils comme vn autre moy-mesme.
Qu'importe donc enfin pour la gloire du Roy,
Qui vainque desormais de Dauid ou de moy?
Qu'vn autre pour mon Prince obtienne la victoire,
Si i'ay bien combatu ce m'est assez de gloire.

SAVL.

Quoy, vous perseuerez! Qu'en dites vous Abner?
Est-ce là le conseil que l'on doit me donner?

Tiendrez-vous contre moy pour vn peuple aduersaire?

ABNER.

Ie n'oserois parler de peur de vous déplaire.

SAVL.

Vous demandez Dauid.

ABNER.

C'est la necessité,
Qui le demande enfin ſert voſtre Maieſté.

SAVL.

Donc chacun me trahit! Bien, que Dauid reuienne,
Vous voulez ſon retour; que le traiſtre l'obtienne;
Si l'on me porte ainſi le poignard dans le ſein,
Ie me ſers de Dauid pour punir ce deſſein.
Puis qu'on veut luy deuoir vne illuſtre victoire,
Puis qu'il doit vous priuer de voſtre propre gloire,
Puis que par voſtre honte il ſe doit ſignaler,
C'eſt me vanger de vous que de le rappeller.

MICHOL.

Ainſi vous commencez à vaincre vn aduerſaire,
Qu'on vous rendra bien toſt, ou mort, ou tributaire.

SAVL.

Quoy David reuiendroit! N'est-ce pas tesmoigner
Que sans luy desormais nous ne pouuons regner?
N'est-ce pas faire voir que la crainte nous presse?
N'est-ce pas descouurir nostre propre foiblesse?
Et dire à l'ennemy superbe & trop content,
Que s'il veut attaquer la victoire l'attend?
Quoy David reuiendroit; & ie pourrois apprendre
Que la necessité me force de me rendre?
Quand ie serois reduit à toute extremité,
Deurois-ie descouurir cette necessité?
Non, non, c'est ignorer la science des Princes,
Que de monstrer le mal qui presse leurs prouinces;
Et qui ne sçait couurir les maux de ses Estats,
Ne tient qu'vn rang indigne entre les Potentats.

IONATHAS.

C'est de cette science vn effet legitime
De changer à propos de regle & de maxime.

SAVL.

Il est vray Ionathas, il est vray; mais apprends
Qu'il faut auoir regné pour en sçauoir le temps.
Ha mes fils, tant de fois conduits par la victoire,
Vous estes assez forts pour sauuer vostre gloire.

Diroit-on quelque iour de ce siecle esloigné,
Si Dauid n'eust vaincu, Saul n'eust pas regné?
Non, non, i'estois trop lasche à vostre grand courage,
Courez, courez vous mesmes apres cet auantage,
Et faites dire en fin aux peuples triomphans,
Saul n'eust pas regné s'il n'eust point eu d'enfans.
Ie croiray que mon sort sera digne d'enuie
Quand ie deuray ma gloire à qui me doit la vie.
S'il faut donc que ie donne & mon sceptre & mon rang,
Que ce soit à mes fils, que ce soit à mon sang.

IONATHAS.

Hé bien, il faut monstrer que nous sçauons combatre,
Que sans choir auec nous on ne peut nous abatre,
Et que c'est de vos fils le destin le plus doux,
Que de vaincre pour vous, ou de mourir pour vous.
Mes freres, allons donc poussez de mesme enuie,
Ou finir cette guerre, ou finir nostre vie.
Ce ne sera pas perdre vn sang infortuné,
Que de pouuoir le rendre à qui nous la donné.
Viuans, mourans, donnons vne esclatante marque,
Que nous meritions bien de naistre d'vn Monarque:
En cette occasion tout est doux, tout est beau,
L'honneur de la victoire, ou l'horreur du tombeau.

SAVL.

SAVL.

Enfans trop trop aimez, tendresse paternelle,
Vous demandez Dauid, & bien qu'on le rappelle,
Ayons, ayons encor cette honte aujourd'huy,
De ne pouuoir regner, ny triompher sans luy;
Au moins si de leurs iours l'infortune dispose
On ne publira point que leur Pere en fut cause. En regardāt ses enfans.

IONATHAS.

O resolution qui nous rendra contents.

MICHOL.

Dépeschons vers Dauid, ne perdons point de temps.

Fin du deuxiesme Acte.

ACTE III.

SCENE PREMIERE.

IONATHAS, ABNER.

IONATHAS.

O Changement funeste au bien de cét Empire!
David ne viendra point.

ABNER.

Ie venois vous le dire.
Va, cours, ma dit le Roy, va dire à Ionathas
Que Dauid est ailleurs vtile à nos Estats;
Qu'il pourra secourir la Prouince opprimée
Dessus nostre frontiere autant qu'en nostre armée;
Et qu'il est necessaire au repos de nos iours,
Que de tous les costez l'Estat ait du secours.

IONATHAS.

Ce n'est là qu'vn pretexte à cette deffiance
Qui n'abandonne point la supresme puissance;
Ce n'est là qu'vn pretexte à ceste passion,
Que l'on a pour l'honneur, & pour l'ambition.
Il regarde la gloire ainsi qu'vn auantage
Qu'il craint iniustement que Dauid ne partage;
Comme s'il ignoroit qu'apres de grands exploits
La gloire des subjets est toute pour les Roys.
Mais que pensons nous faire impuissans que noussomes?
Le Demon qui le pousse est plus fort que les hommes;
En vain nous luy monstrons le riuage & le port
Il embrasse l'escueil qui luy donne la mort;
Il croit que ses enfans sont autant d'aduersaires,
Il à peur d'escouter des conseils salutaires,
Il prend les bons auis pour des dons infectez,
O presage certain de ses calamitez!
Quand vn Roy va perir, quand le Ciel l'abandonne,
Voyla mon cher Abner, la marque qu'il en donne,
Mais s'il faut auec luy descendre au tombeau,
Choisissons pour le moins le chemin le plus beau.
Puisque de nostre bras nostre Roy se contente,
Tâchons d'aller plus loing que ne va son attente;
Conserue luy ton cœur fidelle & genereux,
Et fais-en le thresor d'vn Prince malheureux.

Si ce n'est pas ton Roy qui parle & qui t'excite,
C'est son sang qui te parle & qui te sollicite.

ABNER

I'escoute auec respect, & mets en mesme rang
Et la voix de mon Prince, & la voix de son sang:
Mais pour garder vn cœur genereux & fidelle,
I'escoute seulement mon deuoir & mon zele.
Ie les aurois trahis, i'en aurois fait douter,
Si l'on auoit besoin de me solliciter.

IONATHAS

Aussi mon cher Abner, ie t'excite à la gloire
Comme on fait vn vainqueur qui poursuit sa victoire.
Mais entrons chez le Roy, le voila deguisé
Seul auecques Phalti.

SCENE II.

SAVL, IONATHAS, ABNER, PHALTI.

SAVL.

 Auroient ils auisé?

IONATHAS.

Ha Sire.

SAVL.

C'est assez, Abner vous a pû dire
Ce que i'ay resolu pour le bien de l'Empire,
Et i'ay donné depuis & l'ordre & le pouuoir
Par qui Ierusalem se tiendra en son deuoir.

IONATHAS.

Ie ne veux point douter que par vostre prudence
Le respect ne retourne où regnoit l'insolence,
Et que vostre dessein inspiré par les Cieux
Ne soit en mesme temps vtile & glorieux:
Mais Sire, vous voyant despouillé de ces marques,
Qui font auec respect connoistre les Monarques,
On seroit sans raison en cét euenement
Si l'on estoit sans trouble & sans estonnement.

SAVL.

Ne vous estonnez point; ce que l'on me void faire
D'vn conseil profitable est l'effet necessaire.
Abner vous la pû dire, il sçait tout ce secret.

ABNER.

Ouy, Sire, mais Abner n'est pas vn indiscret:
L'ayant receu de vous sans ordre de le dire
Le cacher est la Loy que i'ay deu me prescrire.

IONATHAS.

N'ay-je point merité de sçauoir ce dessein?
Croyez vous qu'vn secret soit mal dedans mon sein?
Quand il faut vous seruir, quand il est necessaire,
Mon bras sçait esclatter, & mon cœur sçait se taire.

SAVL.

I'ay consulté le Ciel, il n'a point respondu,
Ie vay voir si l'Enfer m'aura mieux entendu.

IONATHAS.

Vous, consulter l'Enfer! vous, chercher des infames
Condamnez par vous mesme à de si iustes flames!

SAVL.

Vn Censeur me desplaist en cette extremité.

IONATHAS.

Ie ne m'oppose point à vostre volonté,
Mais Sire, ces Deuins....

SAVL.

Ne t'en mets point en peine.

IONATHAS.

Ayant desia senti vostre main souueraine,
Si la peur ne les cache à vostre Maiesté,
Par vn discours trompeur vous en serez flatté.

SAVL.

Celle que ie vay voir n'a point veu mon visage,
Et ne peut me connaistre en ce triste equipage.

IONATHAS.

Voyla donc la raison de ce déguisement!

SAVL.

Ouy; voila la raison qui fait ce changement.
Ainsi de ma grandeur i'ay dû quitter la marque
Pour cacher soubs ce voile vn malheureux Monarque;
C'est peut-estre vn presage horrible, infortuné,
Mais il n'importe, allons où ie suis destiné.
Si du Ciel irrité l'effroyable Iustice
Doit faire de mon throsne vn affreux precipice,
Au moins quand ie sçauray ce triste euenement
Ie me prepareray de perir noblement.

Si la hayne des Cieux rend ma cheute odieuse,
Mon courage du moins l'a rendra glorieuse,
Et les Rois menacez d'vne semblable fin
Pourront auec bonneur souhaitter mon destin.

IONATHAS.

Ha Sire, que l'horreur d'vn dessein si funeste
Aux yeux de vostre esprit se rende manifeste,
Ce que le Ciel resout, l'attendre constamment,
C'est là se preparer de perir noblement.
Si nous deuons perir, ha perissons sans crime,
Laissons sur nostre tombe vne innocente estime;
Penserions nous trouuer vn trespas glorieux,
Lors que nous peririons dans la hayne des cieux?

SAVL.

Le Conseil en est pris.

IONATHAS.

Mais c'est vn sacrilege.

SAVL.

Si c'est, si c'est vn mal, c'est vn mal qui m'allege.

IONATHAS.

Il peut bien vous flatter; mais en fin il nuira.

SAVL.

SAVL.

Au moins j'auray la paix tant qu'il me flattera.

IONATHAS.

Mais je veux que sans crime on ait recours aux charmes,
Croid-on que les Demõs sçachent le cours des armes,
Les succez des combats & les euenemens,
D'où dependent nos maux & nos contentemens?
Quel rayon de clairté monstrant nos auantures
Les feroit penetrer dans les choses futures?
Si tout ce qui doit estre en tout temps, en tout lieu,
Enfin si l'auenir est seulement en Dieu,
Pense-t'on que l'enfer, ce lieu plein de blaspheme,
Sçache ce qui se fait dans le sein de Dieu mesme?
C'est vn lache penser que nous deuons bannir,
Les Demons seroient Dieux s'ils sçauoiẽt l'auenir,
Ou parmy les tourmens cette engeance mutine
Partageroit au moins la puissance Diuine.
Quand mesme les Demons volans par l'vniuers
Verroient de l'auenir les secrets découuerts,
Eux qui sont des humains les plus grãds auersaires,
Leur annonceroient-ils des succez salutaires?
S'ils annoncent le bien, c'est vn appas fatal
Qu'ils sement sous nos pas pour nous cõduire au mal;

S'ils annoncent les maux, l'horreur & le tumulte,
C'est pour desesperer celuy qui les consulte,
Et par le desespoir dont son cœur est pressé,
Le conduire au malheur qu'ils auoient annoncé.
Fuyez donq de ce gouffre où vous allez vous rendre;
Vous courez aux enfers, qu'en pouuez vous attẽdre,
Si dans l'extremité qui menace vos iours,
C'est à vos ennemis demander du secours.
Mais enfin pour sçauoir par quelles destinées
Nous verrons terminer le cours de nos années,
Pour sçauoir nostre sort ou propice ou fatal;
Auançons-nous le bien, reculons-nous le mal?
Est-on plustost heureux, ou plus tard miserable?
Et peut-on éuiter le Ciel ineuitable?
Il suffit de combattre en homme genereux,
Et d'attendre du Ciel les succez bien-heureux.

SAVL.

Tes discours, Ionathas, ont passé dans mon ame,
Tu blâmes mon dessein, moy-mesme ie le blâme,
Il porte dans mon sein vne iuste terreur,
Il me couure de honte, il me comble d'horreur,
Ie reconoy mon mal, & ce qui m'en deliure,
Bref, ie sçay mon deuoir, mais ie ne puis le suiure;
Vn pouuoir que le mien ne sçauroit ébranler
M'entraisne auec horreur où i'ay honte d'aller.

IONATHAS.

Quoy Sire...

SAVL.

Ha tu me nuis pensant m'estre propice,
Il faut, il faut aller, fut-ce à mon precipice.

IONATHAS.

Conoissant le danger!

SAVL.

Va, va, retire-toy,
C'est vn commandement & de pere, & de Roy.
Plus de discours m'offense.

IONATHAS.

Il faut donc que ie cede.
Au moins ay-ie tâché de vous donner de l'aide.

SAVL.

Vous, Abner, demeurez.

SCENE III.

SAVL, PHALTI.

SAVL.

ENfin voicy la nuit,
Phalti conduy-moy donc où ie dois estre instruit.

PHALTI.

Cette sçauante femme à vostre aide appellée,
Nous attend dans vn bois prés de cette vallée,
Mais comme vos Edits luy donnent de l'effroy,
Elle m'a dit sur tout qu'elle craignoit le Roy.
Enfin elle apprehende, & croit que ie luy mene
Ou bien des estrangers, ou des amis en peine;
Qu'il vous souuienne donc estant dessus les lieux
D'aider à vostre habit à luy tromper les yeux.

SAVL.

Voyons-la seulement, mais est-elle bien proche?

PHALTI.

Que vostre Majesté se rende en cette roche.
Ce grand gouffre où la nuit regne eternellement,
Est le lieu destiné pour cet enchantement.
Ie m'en vay l'auertir qu'il est temps qu'elle auance.

SAVL.

Va, va plus viste encor que mon impatience.

SCENE IV.

ABNER, SAVL.

ABNER.

M*Ais pensez-vous enfin en tirer du secours?*

SAVL.

Mais pensez-vous en vain me combatre tousiours?

ABNER.

Qui vous combat ainsi, vous sert, vous est propice.

SAVL.

Et qui me sert ainsi se creuse vn precipice.

ABNER.

Que n'y puis-ie tomber pour vous en retirer?

SAVL.

Vostre zele est aueugle, il vous fait égarer.

ABNER.

Puis-ie moins pour mon Prince?

SAVL.

Il faut m'estre barbare,
Si ie veux du poison que l'on me le prepare,
Qu'on m'ouure le tombeau, quād on m'y void courir,
Et si ie veux perir, qu'on me laisse perir.
Mais voicy cette femme, allons, allons apprendre,
Ou si ie doy monter ou si ie doy descendre.

SCENE V.

SAVL, LA PYTHONISSE.

SAVL.

Vous de qui le sçauoir fertile en grands effets,
Peut annoncer la guerre, ou predire la paix,
Vous de qui la puissance a donné tant de marques
Qu'elle s'estend plus loin que celle des Monarques,
Helas! si c'est vn bien qui reste aux malheureux
Que de pouuoir toucher les esprits genereux,
Ne vous estonnez pas qu'vn inconu demande
Qu'icy vostre faueur dessus luy se répande.

LA PYTHONISSE.

Seigneur pour obtenir ma faueur & mon soin,
Il suffit seulement, que l'on en ait besoin.
Mais vous n'ignorez pas de combien de tempestes
La fureur de Saül a menacé nos testes,
Vous sçauez les Edits qu'il a faits contre nous,
Combien de mes pareils ont senty son courroux,
Et que vous m'exposez au mesme precipice
Quand vostre affliction implore mon seruice.

SAVL.

Ie sçay bien les Edits que ce Monarque a faits,
Mais ie sçay mieux encor ce qu'on doit aux biens-
faits.

LA PYTHONISSE.

Ie vous sers d'vn esprit, qui n'est point mercenaire,
Et me cacher au Roy ce sera mon salaire.

SAVL.

Bannissez de vostre ame & la crainte & l'effroy,
Vous estes à couuert des poursuites du Roy,
Bien que par vn destin injuste & déplorable
On soupçonne tousiours la foy d'vn miserable,
Celle qu'en mon malheur vous receuez de moy,
Est vn gage aussi saint que le serment d'vn Roy.

LA PYTHONISSE.

Ie remets en vos soins toute mon assurance.

SAVL.

Moy, ie remets en vous toute mon esperance.

LA PYTHONISSE.

Mais que puis-ie pour vous?

SAVL.

SAVL.

N'espargnez point d'efforts,
R'appellez Samuel de l'empire des morts.

LA PYTHONISSE.

Samuel! Samuel!

SAVL.

Samuel, ce Prophete,
Des volontez du Ciel le plus noble Interprete.
R'appellez ce grand homme auec la mesme voix
Qui faisoit l'esperance, ou la crainte des Rois,
Enfin si de vostre art la force nompareille
Peut esueiller les morts, que Samuel s'esueille.

LA PYTHONISSE.

Samuel fera voir la force de mon art,
Permettez-moy d'entrer dans cet antre, à l'escart,
Là ie dois en secret accomplir les mysteres
Au dessein que ie fais maintenant necessaires.

SAVL.

Allez donc.

SCENE VI.

SAVL.

MAis que fay-ie? ha! retire tes pas,
Des-ja precipitez au chemin du trespas.
Sers toy de tes clairtez, euite, fuy le crime,
Tandis qu'vn peu de iour te découure l'abisme.
Tardif est le remords qui me vient exciter,
Mais il est assez prompt s'il peut me profiter.
Amis retirons-nous: mais que dis-ie timide?
Non, non, suiuons la voye où mon mal-heur nous guide:
Sortez, sortez remords de mon cœur agité,
En vain vos visions m'auoient espouuanté.
Vous naissez seulement de la foiblesse humaine,
Vous ne troublez que ceux qu'vne ombre met en peine,
Ne pensez plus m'attaindre, & m'imposer des lois,
La crainte & les remords sont indignes des Rois.
Que mon dessein soit lâche & passe pour vn crime,
Puisqu'il me peut aider, ie le croy legitime.

S'il est enfin suiuy d'vn succez fortuné,
Il paroistra loüable à qui l'a condamné.
Que cette femme, helas! fait languir mon attente,
Ou que le temps est long à l'ame impatiente!
Allons voir. Mais où vay-ie aueugle que ie suis?
Veux-ie par mes forfaits meriter mes ennuis?
Veux-ie par mes forfaits meriter la tempeste
Que le Ciel foudroyant balance sur ma teste?
Que fais-ie, que feray-ie? ô Prince infortuné,
Par le Ciel, par l'Enfer, par soy-mesme gesné!
Toy que le crime engendre en vne ame abbatuë,
O salutaire enfant d'vn Pere qui nous tuë,
Remords enleue moy de ces funestes lieux,
Où desia tout l'Enfer se découure à mes yeux.
S'il faut, s'il faut perir, qu'vne mort magnanime
Marque nostre infortune, & non pas nostre crime;
Qu'elle attire des pleurs sur nostre monument;
Que ce soit vne mort, non pas vn chastiment.
Arrachons-nous enfin de ces lieux detestables,
Et soyons malheureux sans nous rendre coupables.

SCENE VII

LA PYTHONISSE, SAVL.

LA PYTHONISSE.

SEigneur.

SAVL.

Ha que feray-ie? hé bien le verrons-nous?

LA PYTHONISSE.

Desia la terre éclatte, & s'ouure deuant vous.
Ie vois.

SAVL.

Que voyez-vous, quoy, la paix ou la guerre?

LA PYTHONISSE.

Ie vois, ie vois vn Dieu qui monte de la terre.
Mais sa diuine voix montant iusques à moy
M'apprend en mesme temps que vous estes le Roy.
Helas!

SAVL.

Ne craignez point.

LA PYTHONISSE.

Ha Sire!

SAVL.

Ie vous iure
Que si i'ay du pouuoir, ce pouuoir vous assure.
Quelle forme a celuy qui vous est presenté?

LA PYTHONISSE.

La forme d'vn vieillard remply de Majesté.

SAVL.

Ha! ie le reconnois à cette noble marque
Que respecta tousiours vn malheureux Monarque.

SCENE VIII.

L'OMBRE DE SAMVEL, SAVL.

L'OMBRE.

Pourquoy, pourquoy fais-tu tant d'iniustes efforts
Pour m'oster ce repos que le Ciel donne aux morts?

SAVL.

Toy qui vois mon desastre, ame pure, ame sainte,
Pardonne à mon malheur, pardonne à la côtrainte;
Si ie commets vn crime en cette extremité,
Ce crime est seulement de la necessité.
Helas! de tous costez le peril m'enuironne,
La terre me poursuit, & le Ciel m'abandonne,
Si ce n'est que son œil fauorable à mes iours
Veuille par ton aspect me donner du secours.
Ainsi desesperant du costé de la terre,
Et du bras immortel qui lance le tonnerre,
Ie cherche ton secours, & me tourne vers toy
Pour apprendre le sort d'vn miserable Roy.

L'OMBRE.

Si le Ciel te poursuit, si le Ciel t'abandonne,
Crois-tu trouuer ailleurs l'appuy de ta couronne?
Penses-tu qu'vn esprit dépouillé de son corps
Puisse aux Arrests du Ciel opposer ses efforts?
Songe qu'vn Dieu viuant te tira de la poudre,
Pour te mettre en vn rang où l'homme tient la foudre;
Songe qu'il t'esleua dans vn Trône adoré,
Où tes vœux plus hardis n'eussent pas aspiré:
Mais songe en mesme temps à la méconnoissance
Dont Saül trop ingrat a payé sa puissance;
Souuiens-toy que le Ciel est ennemy du mal,
Et que tu fus ingrat quand il fut liberal.
Souuiens-toy des forfaits qui souillerent ta vie,
Et tu verras l'horreur dont elle est poursuiuie.
Pense à ce peuple saint par tes Lois égorgé
Pour auoir contre toy l'innocent protegé,
Pour auoir fait trouuer dans l'enclos de sa ville
Au malheureux Dauid la faueur d'vn azile.
Pense combien de fois ma voix t'a menacé,
Et pour voir l'auenir regarde le passé.
Le Ciel te commanda, tu te monstras rebelle,
Tu luy donnas ta foy, tu luy fus infidelle,
Et ta rebellion, & ton manque de foy,

Ont allumé les feux qui vont choir dessus toy.
Tu vas tomber du Trône, & quoy que l'on conspire,
Dauid persecuté va monter à l'Empire,
Ce Dauid, cet objet à toy seul odieux,
Et l'amour eternel de la terre & des Cieux,
Ce Dauid de tes maux le souuerain remede,
Que ton peuple inspiré demandoit pour ton aide,
Ce Dauid repoussé par d'injustes efforts,
Entrera glorieux au Trône d'où tu sors,
Et les Rois apprendront par ta cheute effroyable,
Que qui regne en Tyran doit perir en coupable.

SAVL.

Ie receus la Couronne afin de la quiter,
Le Ciel me la donna, le Ciel peut me l'oster.

L'OMBRE.

Mais ce n'est pas assez au Ciel qui t'abandonne
D'arracher de ta teste une illustre Couronne.
Il liurera les tiens aux mesmes ennemis
Que son bras tout-puissant t'a si souuent sousmis,
Il veut que ta défaite & ta pompe estouffée
D'vn Roy ton aduersaire honorent le trophée:
Il veut, il veut encore ennemy de tes jours,
Qu'vne effroyable mort en termine le cours.

SAVL.

Hé bien nous perirons! ce n'est vne victoire
Que de perdre la vie aussi-tost que la gloire?

L'OMBRE.

Mais ne presume pas, Monarque infortuné,
Que par tant de malheurs ton tourment soit borné.
En donnant à tes jours vne fin déplorable
Le Ciel te fait sentir la peine d'vn coupable,
En te priuant d'vn Trône où tu viuois sans Loy,
Le Ciel te fait sentir le chastiment d'vn Roy:
Mais pour comble d'horreur, de peine & de misere,
Le Ciel veut t'exposer au supplice d'vn Pere,
Et par vn mesme coup il veut punir en toy
Vn Pere, vn criminel, vn miserable Roy.
Ne croy donc pas laisser à ta race naissante
Du Trône que tu perds ou la gloire, ou l'attente,
Ne t'imagine pas reuiure en tes enfans
Que tu vis tant de fois reuenir triomphans:
Mais sçaches, malheureux, que ce sont des victimes
Que tu verras tomber sous le faix de tes crimes:
Auant qu'vne autre nuit obscurcisse les Cieux
Sçache que tes enfans periront à tes yeux.

SAVL.

Helas! voylà le coup dont l'atteinte me tue.

SCENE IX.

ABNER, LA PYTHONISSE, PHALTI, SAVL.

ABNER.

HA Sire!

LA PYTHONISSE.

Ha releuez vostre force abbatuë.

PHALTI.

Sire.

SAVL.

Phantôme affreux, ne t'enfuy pas sans moy,
Pere plus malheureux, que miserable Roy.
Mais ce spectre effroyable, & reuestu de flame,
Disparoist de mes yeux pour entrer dans mon ame,
Et ce pasle Demon, ennemy de mon bien,
Fait desia dans mon cœur son enfer, & le mien.
Mes enfans periront, ô douleur, ô manie,
O curiosité cruellement punie!

Mes enfans periront! ô toy qui que tu sois,
Samuel ou Demon, prophane ou sainte voix,
Esteins en t'en allant la clairté qui me reste,
Execute vn Arrest infernal ou Celeste,
Ie mourray trop puny, puisque dans ce transport
Desia de mes enfans i'ay ressenty la mort!
Triste espoir de mes jours, enfans trop déplorables!
Pour estre mes enfans, estes-vous donc coupables?
Les crimes d'vn Saül, indigne de son rang,
Sont-ils, comme à son ame, attachez à son sang?
Vous m'aimez comme enfans, vous plaignez ma misere,
Est-ce vn crime qu'aimer & plaindre vostre Pere?
Cependant, quels malheurs aux miens s'égaleront?
Tes enfans, me dit-on, tes enfans periront.
O Iustice du Ciel cachée à la Nature,
Estouffe au moins mes jours auant que ie murmure.

Fin du troisiesme Acte.

ACTE IV

SCENE PREMIERE

PHALTI, ABNER.

PHALTI, parlant à quelqu'vn de la suite de Saül.

Allez chez la Princesse, & luy faites sçauoir
Qu'elle vienne au plustost ; que le Roy la veut voir.
Abner, en vain le Roy veut monstrer son courage,
La douleur de l'esprit éclatte en son visage :
Il veut voir ses enfans qu'il croid prests à perir,
Et par son ordre exprez ie m'en vay les querir.
Diray-ie à Ionathas le succez de ses charmes
Qui d'vn si grand desastre a menacé nos armes ?
Ayant sceu le dessein que Saül auoit fait,
Il en voudra sçauoir le malheureux effet.

ABNER.

En cette occasion vze de ta prudence.

PHALTI.

Abner, il est besoin qu'il en ait conoissance,
Au moins comme il peut tout dessus l'esprit du Roy,
Il en pourra chasser vn si mortel effroy.

ABNER.

Prens sur tout des conseils qui luy soient profitables.

PHALTI.

Enfin, ie vay querir ces Princes déplorables.

ABNER seul.

Ha qu'vne illusion peut causer de malheurs!
Que le trouble du Roy me presage de pleurs!
Mais il sort.

SCENE II.

SAVL & sa suite.

NE bougez, Abner, ie te confesse,
I'esprouue icy qu'vn Pere a beaucoup de foiblesse.

O Nature, Nature, outrageuse à ton tour,
N'as-tu mis dans ce cœur vne si forte amour,
Que pour estre toy-mesme, impitoyable Mere,
Le supplice eternel d'vn Monarque, & d'vn Pere?
Ha! la haine du Ciel, mon ennemy fatal,
En m'ostant mes grandeurs me feroit peu de mal,
Si pour rendre ce mal plus grand & plus funeste
La Nature n'aidoit à la haine Celeste.

ABNER.

Croirez-vous donc tousiours à cette illusion?

SAVL.

Ie n'en puis effacer l'horrible impression.

ABNER.

Sire, n'en doutez point, c'est vne Ombre infernale
Qui tache en vous troublant de vous estre fatale,
Et qui de Samuel a le port emprunté,
Pour paraistre plus sainte à vostre Majesté.
Quoy Sire, apres la mort, dont l'instant necessaire
De l'homme vertueux termine la misere,
Les plus justes esprits seroient-ils bien-heureux
Si la force d'vn charme alloit jusques sur eux?
Loin d'auoir vne paix d'eternelle durée,
Et que les déplaisirs n'ont jamais alterée,

Eux qu'vne belle mort auoit fait triompher,
Ne dépendroient-ils pas du pouuoir de l'enfer?

SAVL.

Comme toy, cher Abner, ie croy qu'vne imposture,
Ouurage des Demons, fait le mal que i'endure:
Au moins pour resister à mon aduersité
Par cette opinion ie veux estre flatté:
Mais soit que ie regarde, & que ie considere
Le titre de Monarque, ou le titre de Pere,
Il est de mon deuoir de preuoir le danger,
Il est de mon deuoir de ne rien negliger,
Ainsi ie tâcheray, trop miserable Pere,
De sauuer des enfans dont l'ame m'est si chere:
Ainsi ie tâcheray, Monarque malheureux,
De laisser à l'Estat des Princes genereux.

ABNER.

On ne sçauroit blâmer ce que fait la Prudence.

SAVL.

Mais qu'en doy-ie esperer? helas! quelle assistance?
Si le Ciel fait les maux que ie crains aujourd'huy,
Peut-elle me seruir de rampart & d'appuy?
Elle peut estouffer les complots de la terre,
Mais elle ne peut rien contre vn coup de tonnerre.

Elle peut triompher des esprits factieux,
Mais elle cede aux traits que decochent les Cieux.
Croy-ie donc destourner par le soin qui me reste
L'espouuentable effet d'vn iugement Celeste?
Si le Ciel me combat, s'il se laisse endurcir,
Ce n'est qu'en luy cedant que ie puis l'adoucir.
Auec tous mes efforts que pourrois-ie entreprendre?
Vn homme contre vn Dieu: c'est trop il se faut rendre;
Mourez, mourez enfans: mais que dis-ie mourez,
Est-ce pour le païs que vous expirerez?
Si l'Arrest qui vous iuge annonce aussi la perte,
Que seruira la mort que vous aurez soufferte?
Vous exposer sans fruit où le mal est certain,
Ce n'est pas estre Pere, & c'est estre inhumain.
Si quelquefois vn Pere eust assez de courage
Pour laisser ses enfans au milieu de l'orage,
S'il se plût quelquefois de les y voir courir,
Il n'estoit pas certain qu'ils y dussent perir.
Faisons donc nos efforts pour sauuer nostre Race,
Le Ciel punit souuent par la seule menace,
Et ne defend iamais en Tyran insensé,
Qu'on tache à se sauuer quand il a menacé.
Bref, il faut tout tenter auant qu'on desespere,
C'est au moins le deuoir d'vn Monarque, & d'vn Pere,

Si nous

Si nous tentons en vain dans cette extremité,
Ne laissons rien au moins que nous n'ayons tenté.

ABNER.

Sire, quoy que le Ciel... Mais voicy la Princesse.

SAVL.

Cache-luy si tu peux la douleur qui te presse.

SCENE III

MICHOL, SAVL, ABNER.

MICHOL.

SIRE, autant que vostre ordre, vn grand & juste effroy
Me fait voir maintenant aux genoux de mon Roy.

SAVL.

Chassez de vostre esprit la crainte qui le trouble.

MICHOL.

Deuant vous & pour vous ma crainte se redouble.

Ce n'est point pour autruy, c'est seulement pour vous
Que du Ciel irrité je redoute les coups.

SAVL.

Quoy donc que craignez-vous?

MICHOL.

Sire, l'on doit tout craindre
Quand le salut du Roy semble nous y contraindre.
Si jusqu'icy le Ciel dédaignant vostre encens,
Refusa de respondre à vos tristes accens,
Peut-estre qu'aujourd'huy que le mal-heur vous touche,
Pour vous en détourner, il répond par ma bouche.
Que vostre Majesté dont le Ciel est l'appuy,
Aux yeux de vos sujets se dérobe aujourd'huy;
Sire, ne sortez point, vn grand mal vous menace,
N'allez point au deuant, & permettez qu'il passe.

SAVL.

Qu'auez-vous découuert? quels funestes projets?
Sont-ils de l'ennemy? sont-ils de mes sujets?

MICHOL.

Mais ne negligez rien; quoy que l'on puisse dire,
Tout doit paraistre grand à qui tient vn Empire.

SAVL.

Dites-nous donc le mal.

MICHOL.

Et les moindres auis
Ont souuent profité quand on les a suiuis.

SAVL.

Qui vous descouure enfin vn mal si redoutable?

MICHOL.

Ha Sire! vn songe affreux, vn songe espouuentable
Me fait craindre aujourd'huy pour vostre Majesté
Tout ce que l'infortune a de plus redouté.
Helas! ie vous ay veu...

SAVL.

I'estime cette crainte
Dont ie vous vois encor si viuement attainte;
Comme vous estes femme, & comme ie suis Roy,
Elle est digne de vous, mais indigne de moy.
Cette crainte est en vous vne juste tendresse,
Et ne seroit en moy qu'vne lâche foiblesse.
Me cacher à mon camp! lors que mon seul aspect
Peut inspirer aux miens la force & le respect,

Quelques traits rigoureux qui me puissent attaindre,
Ce seroit là le mal qu'vn songe vous fait craindre.

MICHOL.

Mais escoutez au moins ce songe plein d'horreur,
Voyez s'il vient du Ciel, ou s'il vient de ma peur.

SAVL.

Ce n'est pas ma coustume aux troubles de mon ame
De me faire des lois, des songes d'vne femme.

MICHOL.

Le Ciel pour nous sauuer se sert de tous moyens,
Et par vn moindre organe il peut aider les siens.

SAVL.

Enfin vn juste soin te peut rendre importune.
Si le Ciel trauailloit contre mon infortune,
Comme il t'exciteroit afin de m'assister,
Il m'ouuriroit le cœur afin de t'escouter;
Mais sçache maintenant, fille, & femme fidelle,
Et pourquoy tu me vois, & pourquoy ie t'appelle;
Tu m'as assez suiuy, tu m'as trop combatu,
Et trop long-temps en vain tesmoigné ta vertu.
Si jamais la raison n'a vaincu ma colere;

Le Ciel te vangera des injures d'vn Pere.
Va dans Ierusalem attendre quelque paix,
Ton Pere & ton Espoux sont de toy satisfaits,
Tu viens de contenter par l'ardeur de ton zele,
Et l'amour conjugale, & l'amour paternelle.
Va donc, ne tarde plus, va, mais console toy,
Puisque le Ciel plus doux te garde pour vn Roy.

MICHOL.

Moy, Sire, pour vn Roy, donc vous croyez encore
Que par l'ambition Dauid se deshonnore.

SAVL.

Qu'il se propose vn Trône, il le doit, il le peut,
Puisque pour me punir le Ciel mesme le veut.

MICHOL.

Sire, que dites-vous, le Ciel veut-il vn crime?

SAVL.

Tout ce que veut le Ciel est juste & legitime:
Mais il soulagera le fardeau de mes fers
S'il te laisse vne part des grandeurs que ie perds.
Va donc attendre ailleurs le bien qu'il te destine,
Mes maux seront moins grands, s'ils en sont l'origine.

Que Dauid regne en paix (s'il est vray toutefois
Que la paix puisse entrer dedans l'ame des Rois).
Que son bras inuincible estende ses prouinces,
Qu'il sçache mieux que moy la science des Princes,
Et plus ferme que moy sur vn pas dangereux,
Qu'il viue aussi puissant, & meure plus heureux.

MICHOL.

Sire.

SAVL.

Retirez-vous.

ABNER.

Mais Ionathas arriue.

SAVL.

Quel art peut empescher que le Ciel ne m'en priue?

SCENE IV

SAVL, IONATHAS.

SAVL.

Vos freres, où sont-ils? ne vous suiuent-ils pas?
Qui les retient?

IONATHAS.

Ie croy qu'ils marchent sur mes pas.
Mais d'où vient le soucy dont vous portez les marques?

SAVL.

Tousiours de nouueaux soings trauaillent les Monarques,
Sçache donc qu'vn auis qu'on vient de m'apporter
Estant pour nostre bien, n'est pas à rejetter.
On vient de m'auertir que des esprits infames
Dedans Ierusalem font de secretes trames,
Et qu'on verra bien-tost sousleuer d'autres flots,
Si mon soing plus puissant n'estouffe leurs complots.

Il est donc necessaire, ou bien que ton courage,
Ou bien que ta presence escarte cet orage,
Et qu'enfin ton aspect fauorisé des Cieux
Oste jusqu'à l'espoir aux esprits factieux.
Ie sçay que t'enfermer dans de tristes murailles
Quand la gloire t'appelle au milieu des batailles,
C'est te faire sentir des maux plus inhumains
Que si l'on t'arrachoit la victoire des mains.

IONATHAS.

Ie ne puis maintenant vous cacher ma foiblesse,
Icy l'obeissance est vn trait qui me blesse,
C'est m'imposer sans doute vne seuere loy.

SAVL.

Mais qu'importe où l'on serue ou son Pere, ou son Roy?
Que ce soit dans le camp, que ce soit dans la ville,
Il n'importe des lieux pourueu qu'on soit vtile,
Dans la paix, dans la guerre, il n'importe du temps,
L'honneur en est égal quand les Rois sont contens.

IONATHAS.

Que j'aille dans la gloire, ou dans la seruitude,
S'il faut vous obeir, je ne voy rien de rude.
Mais, Sire, j'ay calmé cet orage naissant.

SAVL.

SAVL.

Il renaist toutefois plus fort & plus puissant.

IONATHAS.

S'il renaist plus puissant, vostre seule presence
Peut auecques succez calmer sa violence.
Triomphez dans la ville, & par d'heureux efforts
Vos fils vous imitans triompheront dehors.
Laissez-nous donc icy le soing de la victoire.

SAVL.

Tu m'es vtile ailleurs, ailleurs sera ta gloire.

IONATHAS.

Mais ce mal que l'on craint n'est peut-estre qu'vn bruit.

SAVL.

Ne me resiste point, j'en suis assez instruit.

IONATHAS.

Mais si de cette mort qui me fut destinée
On void luire aujourd'huy la fatale journée,
Pensez-vous que vos soings me sauuent du trespas
Plustost entre des murs qu'au milieu des combats?

Que ie ſorte du camp, il me ſuit dans la ville,
Et ſçait rendre en tous lieux noſtre ſoing inutile.

SAVL.

Mais pourquoy me tiens-tu ces diſcours ennuyeux?
Ie ſçay que le treſpas nous pourſuit en tous lieux,
Que c'eſt vn vieux Tyran qui regne ſur la terre,
Quelquefois dans la paix plus cruel qu'en la guerre,
Et qui cache ſouuent ces traits enſanglantez
Où l'on croid que ſes coups ſeront moins redoutez.
Ainſi parmy les maux que ie luy voy reſpandre,
Ie craindrois t'y conduire au lieu de t'en defendre;
Eſt-ce de ton ſalut ſe monſtrer curieux
Que de t'abandonner parmy des factieux?
Helas! quand ie t'oblige à ſuiure mon enuie,
Peut-eſtre veux-ie aider à t'arracher la vie.

IONATHAS.

Sire, ne croyez-pas vn fantôme trompeur,
Capable ſeulement de donner de la peur.

SAVL.

Sçait-il donc... Que dis-tu? ne feins pas dauātage.
A-t'on d'vn nouueau mal quelque nouueau preſage?
Qu'a-t'on veu, que craint-on?

IONATHAS.

Sire, vous l'auez sceu.

SAVL.

Qu'ay-ie sceu? qu'ay-ie veu? Quoy?

IONATHAS.

Vous n'auez rien veu.
Quoy qui rende vos iours si tristes, & si sombres,
Ce n'est auoir rien veu que d'auoir veu des ombres,
Estouffez donc les soings que vous auez pour nous.

SAVL.

Ha! malheureux Phalti, digne de mon courroux!
Il rend donc aujourd'huy mes blessures mortelles,
Il a donc publié ces funestes nouuelles.

IONATHAS.

Sire, il n'a point failly ne les faisant sçauoir,
Loing d'auoir fait vn crime il a fait son deuoir.
Il sçait bien que la crainte ou l'esperance est vaine,
Lors qu'vn Demon annonce ou le bien, ou la peine:
Mais desia vostre esprit, plus fort que nos discours,
De ses propres clairtez atire son secours.

SAVL.

Que ce ce soit Samuel qui monstre ma disgrace,
Que ce soit d'vn Demon vne vaine menace,
Ce n'est pas là le but que tu dois regarder,
Tu dois oublier tout quand ie veux commander,
Quelque bien que ton bras promette à la prouince,
Tu ne dois escouter que la voix de ton Prince.
Obeis, obeis, & mesme à ma rigueur,
Ie t'aime obeissant, tout autant que vainqueur,
Deusses-tu me conduire à la plus haute gloire,
Deusses-tu dans mon Trône attacher la victoire,
Elle me déplairoit auec tous ses appas
Me venant d'vne main qui n'obeiroit pas.

IONATHAS.

Sire, par vostre amour la Nature vous tente,
Mais la Nature aux Rois doit estre indifferente,
Ses conseils sont autant de subtils imposteurs
Qu'ils doiuent rejetter ainsi que des flatteurs,
Esloigner vos enfans, craindre pour eux l'orage,
N'est-ce pas des soldats abattre le courage?
N'est-ce pas par vos mains donner les plus grands coups
Par qui nos ennemis triempheroient de nous?

SAVL.

Pour animer ensemble & soldats, & prouince,
Il suffit aujourd'huy de l'exemple du Prince.
Doy-ie en vn seul combat hazarder tout mon bien?
Veux-tu qu'exposant tout, il ne me reste rien?
Apres mille succez pleins d'honneur & de gloire,
Ne puis-ie pas tomber ou perdre vne victoire?
Et si ie sçay regner, dois-ie perdre le soing
De garder vn secours qui me serue au besoing?

IONATHAS.

Si vous aimez l'Estat, comme l'Estat vous aime,
Pour la necessité conseruez-vous vous-mesme;
C'est pour l'extremité qu'vn Roy se doit garder,
Et deuant qu'il s'expose il doit tout hazarder.
Sire, souuenez-vous que vos iours sont les nostres,
Que les Rois sont donnez pour conseruer les autres,
Et que celuy qui veille à conseruer autruy,
Celuy-là doit veiller premierement pour luy.
Voulez-vous conseruer vostre Maison naissante?
Voulez-vous desormais la rendre plus puissante?
Conseruez vostre Empire, en ce commun effroy,
Puisque tout Empire est la Maison d'vn Roy.
Ie sçay bien que des Rois les enfans magnanimes
Sont pour eux des thresors, & des biens legitimes,

Mais ce sont de ces biens passagers & mourans
Que l'on doit hazarder pour sauuer les plus grands.
Songez donc à sauuer vos plus illustres marques,
La victoire & l'honneur sont les biens des Monar-
ques
Pour viure glorieux, pour regner triomphans,
Ils doiuent exposer amis, femmes, enfans.

SAVL.

Hé quoy! par le refus de ton obeissance
Veux-tu me tesmoigner que ie suis sans puissance?
Qu'auant mesme la mort, où tu cours auec moy,
Le Ciel m'oste le titre, & de Pere & de Roy?
Qu'il entasse sur moy martyre sur martyre,
Qu'il me comble d'horreur, qu'il m'arrache l'Empire,
Mais monstre pour le moins, en suiuant mes projets,
Que tant que tu viuras i'auray quelques subjets.
Tache au moins pour vn iour d'oublier ce courage
Dont l'excez me seruit, & dont l'excez m'outrage.

IONATHAS.

Mais plustost pour l'honneur plus touché que pour
nous,
Oubliez pour vn iour que ie suis né de vous.
Quoy que fasse pour moy la Fortune prospere,
Oüy ie serois fasché de vous auoir pour Pere,

Si l'amour de mon Pere inutile pour moy
Me deuoit empescher de perir pour mon Roy.
Quoy vos moindres subjets obtiendront cette gloire
De chercher pour leur Roy la mort ou la victoire,
Et vos propres enfans, pitoyables objets,
Obtiendront moins d'honneur que vos moindres sujets?
Le danger vous suiuroit au milieu des batailles,
Et nous serions oisifs dans de tristes murailles!
Ha! les enfans des Rois seroient nés malheureux
S'ils ne pouuoient monstrer qu'ils sont nés genereux.

SAVL.

Donc le Ciel reseruoit pour me faire la guerre
Des coups plus rigoureux que ceux de son tonnerre!
Helas! c'est le bon-heur d'vn Prince mal-heureux
De voir autour de luy des enfans genereux;
Et ie fais cependant des plaintes legitimes
De trouuer dans les miens des cœurs trop magnanimes!
Et par vn sort estrange, & priué de tous biens,
Ie suis mesme gesné par la vertu des miens!
Taches-tu d'augmenter vne douleur extresme?
Veux-tu donc me gesner par ton courage mesme?
Trop genereux enfans! Ciel où me reduis-tu
De souhaiter en eux vne moindre vertu?

IONATHAS.

Mais, Sire, où me reduit ma Fortune inhumaine
De me faire aujourd'huy souhaiter vostre haine?

SAVL.

Mais puisque mon repos est pour toy sans appas,
C'est trop faire languir ton courage & tes bras.

IONATHAS.

Ha Sire! où courez-vous?

SAVL.

Ie contente ton zele,
Ie te mene au combat, où ta valeur t'appelle.

IONATHAS.

Ne vous exposez point, Sire, conseruez-vous.

SAVL,

Ne craignant pas pour toy, dois-tu craindre pour nous?
T'imaginerois-tu que ce spectre effroyable
Pour toy seroit menteur, & pour moy veritable?
Si sa menace est vaine, ainsi que ie le croy,
Elle est vaine pour nous, aussi bien que pour toy.

IONATHAS.

Ouy, Sire, & ce n'est pas ce spectre méprisable
Qui me rend pour vous seul le danger redoutable ;
Mais ie crains le hazard qui dedans les combats
Frappe indifferemment les Rois & les soldats.
Quoy, parce qu'vn Demon menace vostre teste,
Faut-il vous exposer aux coups de la tempeste ?
Vous-mesme voulez-vous en ce cruel instant
Le rendre veritable en vous precipitant ?

SAVL.

Quoy, parce qu'vn Demon me fait vne menace,
Ie manquerois de cœur, ie deuiendrois de glace !
Non, non, ie doy monstrer, & mesme en m'exposant,
Que ie sçay mépriser vn Démon menaçant ;
Quoy, ie rendrois moy-mesme vn lâche tesmoignage
Qu'en consultant l'enfer j'ay redouté l'orage,
Et que Saül tremblant s'informa de son sort,
Pour vouloir par la fuite eschapper de la mort !
Que la mort aujourd'huy coupe & trâche ma trame,
Nous irons au deuant pour éuiter le blâme ;
S'exposer dans la guerre à l'horreur des combats,
Incertain de la vie, incertain du trespas ;
Incertain des succez que garde la fortune ;
C'est l'effet seulement d'vne vertu commune.

Mais courir aux combats assuré de son sort,
Mais courir aux combats assuré de sa mort,
La voir, & l'embrasser, quand il est necessaire
D'animer par l'exemple vn peuple tributaire,
Il n'appartient qu'aux Rois, mais aux Rois gene-
reux
Pour qui la honte seule est vn mal dangereux.
Va, ie ne te tiens plus, i'ay tort ie le confesse
D'auoir pour te sauuer monstré de la tendresse:
Il faut me souuenir que ie suis en vn rang
Où ie dois à l'Estat mes enfans & mon sang;
Il faut vaincre vne amour si puissante & si chere,
Vn Roy n'est pas vray Roy quand il est trop bon Pere.
Va donc pour ton païs tomber au monument,
Ie seray consolé si tu meurs noblement,
Entraisne auecques toy tes miserables freres,
Sers au Ciel d'instrument pour combler mes miseres,
Enfin ie t'abandonne au bien de cet Estat,
Meurs pour le secourir, ou meurs auec esclat.

IONATHAS.

Nous respondrons au sang de qui nous tenons l'estre.

SCENE V.

SAVL, PHALTI, IONATHAS.

SAVL.

MAis j'aperçoy Phalti, ie le perdray ce traistre.
Où sont-ils mes enfans, où sont-ils, indiscret,
Qui reconois si peu ce que vaut vn secret?

PHALTI.

Sire, ie tâcherois de vous faire comprendre
Les puissantes raisons qui pourroient me defendre:
Mais quelque passion que l'on ait pour son bien,
Sire, vostre interest m'est plus cher que le mien.

SAVL.

Voy-tu venir la mort que le Ciel me destine?
Viens-tu de mes enfans m'annoncer la ruine?

PHALTI.

Sire, pour obeir à vostre Majesté,
Ils venoient vous trouuer d'vn pas precipité;
Mais voyant l'ennemy desia prest à combattre,

Le voyant attaquer, le voyant tout abbatre,
Ils ont crû qu'ils pouuoient en cette extremité
Differer d'obeir à vostre Majesté.

SAVL.

Cedons, cedons au Ciel dont les fureurs éclattent,
Nos soings sont impuissans, quand ses traits nous combattent:
Mais en est-on aux mains?

PHALTI.

Sire, on doit le juger.

SAVL.

Allons.

IONATHAS.

Espargnez-vous.

SAVL.

Quand tout est en danger!
N'ayant plus à sauuer que l'esclat de ma gloire,
Allons, allons au moins disputer la victoire.
Vous Princesse fuyez de ce funeste lieu,
Et si nous perissons, consolez-vous, Adieu.

ACTE V.

SCENE PREMIERE

PHALTI.

Demeurez fugitifs, que l'honneur vous arreste,
Puisque de tous costez esclate la tempeste.
Demeurez fugitifs, vangez vos Princes morts,
Au moins pour les vanger, faites quelques efforts.
Mais ie leur parle en vain, la frayeur les emporte,
La gloire ne peut rien où la crainte est si forte.
Princes, tristes objets du celeste courroux,
La force des Hebreux est morte auecques vous.
Ha que n'ay-ie versé tout le sang qui me reste
Pour n'estre pas tesmoing d'vn malheur si funeste!
Que ne me voyez-vous, ô Princes outragez,
Au mal-heureux estat où ie vous voy rangez?
Abner, où courez-vous?

SCENE II.

ABNER, PHALTI.

ABNER.

PHalti, ie desespere,
Par tout regne la mort, & par tout la misere.
Helas! ie tasche en vain auec tous mes efforts,
Du soldat qui s'enfuit de faire vn petit corps;
En vain ie le conjure, en vain le le menace;
Son courage se perd, l'espouuante le glace,
Et si bien-tost le Ciel ne prend nostre party,
On verra dans les fers son peuple assujety.

PHALTI.

A-t'on sauué le Roy de ce commun naufrage?

ABNER.

Il est où l'a porté l'ardeur de son courage,
Ou mort, ou prisonnier.

PHALTI.

Ionathas?

ABNER.

Il le suit.

Mais ses autres enfans?

PHALTI.

Abner, tout est destruit.

ABNER.

Comment, que dites-vous?

PHALTI monstre deux enfans du Roy.

Voy ce que ie puis dire.

ABNER.

O spectacle effroyable! ô malheureux Empire!
Ha! Phalti par ce sang que nous voyons versé,
Craignons tout le malheur qui nous est annoncé.
Mais par quel accident sont-ils dans ce boccage?

PHALTI.

Les trouuant presque morts au milieu du carnage,
Ie les ay fait porter en ces paisibles lieux,
Où la main de la mort leur a fermé les yeux.

ABNER.

Helas!

PHALTI.

I'entens du bruit.

SCENE III

ACHAS, IONATHAS, PHALTI, ABNER.

ACHAS.

Mais voyez vos blessures.

IONATHAS.

Ie ressens d'autres maux, & des peines plus dures.

PHALTI.

Seigneur, que faites vous?

ACHAS.

Tout blessé, tout mourant,
Il veut courir encor dans un mal apparant.

IONATHAS.

Ha! puisqu'il faut mourir priué de la victoire,

Que ie meure du moins où ie cherchois la gloire;
Fais reporter ce corps sanglant & deschiré
Dans le carnage affreux d'où ton bras l'a tiré;
Que le lict de ma mort soit vn champ de bataille,
C'est là que le trespas n'a rien qui me trauaille;
Pour soustenir enfin vn Thrône qui va choir,
Monstrons nostre valeur ou nostre desespoir;
Peut-estre que mon sang aura cet auantage,
Qu'aux soldats estonnez il rendra le courage,
Et leur inspirera par vn excez d'horreur,
Auecques le courage vne vtile fureur.

PHALTI.

Seigneur, pensez à vous.

IONATHAS.

Ha, douleur trop cruelle!
Ie voy dans le peril le Roy qui nous appelle;
Ie le voy sans defense, il est prest à perir,
Et mon bras malheureux ne peut le secourir.
Helas! de tous les maux dont le fardeau m'accable,
C'est là le plus sensible, & le seul incurable.

ABNER.

Ne vous figurez point de nouuelles douleurs;
Si le Ciel est pour nous, que peuuent les malheurs?

On a sauué le Roy.

IONATHAS.

Ie croirois ce langage
Si ie conoissois moins l'ardeur de son courage.
Helas ! s'il est viuant, il combat foible ou fort,
Et s'il ne combat plus, il expire, il est mort.
Vous donc qui le jugez ou mort ou sans defense,
Courez à son secours, ou bien à sa vengeance.
Ha ! que ne puis-ie....

ABNER.

Il perd la voix & la clairté,
O jour trop redoutable, & trop peu redouté !

PHALTI.

Mais i'apperçoy de loin des soldats auersaires,
Qui semblent s'approcher de ces lieux solitaires ;
Tachons de destourner leurs funestes efforts
De nos Princes mourans & de nos Princes morts.
Vous Achas, demeurez.

IONATHAS.

He quoy, vois-ie encore ?
Voulez-vous adoucir le mal qui me deuore,
Defendez vostre Prince.

ACHAS.

Ha Seigneur! le voicy.

IONATHAS.

Voyons-le: toutefois retire-moy d'icy,
Et de peur d'augmenter la peine que j'endure,
Destourne de ses yeux ma funeste auanture.

SCENE DERNIERE.

SAVL, SON ESCVYER, IONATHAS.

SAVL.

ENfin, tu vois du Thrône vn Roy precipité,
Le Ciel m'a combattu, le Ciel m'a surmonté,
D'infames ennemis m'ont rauy la victoire,
La honte d'Israël fait aujourd'huy leur gloire,
Et le Ciel (ô malheur!) veut que ie sois resté
Pour voir & pour sentir cette calamité.

LESCVYER.

Vous n'auez rien perdu si malgré cet orage
Vous conseruez encore vn illustre courage.

SAVL.

Helas! tout est contraire aux Princes malheureux,
Et leur courage est vain quand le Ciel est contr'eux.
Il voit deux de ses enfans *Mais où sont mes enfans? ô celeste colere,*
Si tu peux te flechir, ne t'adresse qu'au Pere.
Mais que voy-ie en ce bois du sang? ô malheureux!

L'ESCVYER.

Ha! Sire, resistez à ce coup rigoureux.

SAVL.

O comble de mes maux! ô tonnerre, ô tempeste,
Acheue d'esclatter sur ma coupable teste.
Est-il quelque malheur dont i'ignore les coups?
N'ay-ie pas espuisé le celeste courroux?
Soit que ie souffre en Roy, soit que ie souffre en Pere,
Quel mal peut desormais augmenter ma misere,
Si ie voy mes enfans le butin du trespas,
Mes ennemis vainqueurs, & mon Empire à bas?

L'ESCVYER.

Esperez pour le moins qu'en vn mal si funeste

La main de Ionathas est vn bien qui vous reste.

SAVL.

Enseigne-moy plustost à souffrir des tourmens
Dont tu ne vois encor que les commencemens;
Que ne puis-ie oublier cet Arrest redoutable
Dont i'apperçoy desia l'effet espouuentable!
Que ne puis-ie oublier cette funeste voix!
Si i'esperois en vain, au moins i'espererois,
Au moins i'espererois que le Ciel qui me presse,
Me pourroit conseruer ma derniere richesse,
Et qu'enfin le salut d'vn enfant genereux
Me pourroit consoler de la perte de deux.
Mais ie n'espere plus; mais que voy-ie paraistre?
Ie n'ay qu'à craindre vn mal afin de le voir naistre.
Ionathas!

IONATHAS.

O mal-heur!

SAVL.

Ionathas, est-ce vous?
Enfans qui me liurez de si sensibles coups,
Pour qui premierement faut-il que mes yeux pleu-
rent?
Helas! les vns sont morts, & les autres se meurent.

Tombez Throne, tombez, & perissez pour moy;
Fuyez auec horreur d'vn miserable Roy,
La perte des grandeurs ne fait pas ma misere,
Ie suis Roy malheureux parce que ie suis Pere.
O toy que ton courage, aussi bien que mon sort,
Auecques tant d'horreur precipite à la mort,
O toy pour qui mon cœur fut capable de craindre;
Dois-ie icy, Ionathas, te blamer ou te plaindre?
Voulois-ie t'imposer d'infructueuses loix?
Deuois-tu preferer ton courage à ma voix?
Mais pourquoy te blamer dans ce commun naufrage
D'auoir moins escouté ma voix que ton courage?
Si le Ciel te poussoit, pouuois-tu m'escouter?
Si le Ciel te poussoit, pouuois-ie t'arrester?
Ha! mon cher Ionathas, c'est toy que ie doy plaindre,
Et c'est le Ciel...

IONATHAS.

Ha! Sire.

SAVL.

Il faut donc se contraindre.
Hé bien sans murmurer supportons nos malheurs,
Bien qu'on ait murmuré pour de moindres douleurs.
O Pere malheureux!

IONATHAS.

O fils plus déplorable,
De ne pouuoir aider vn Pere miserable!
Mais, Sire, sauuez-vous, ainsi soulagez-moy,
L'Estat n'a rien perdu s'il ne perd pas son Roy.
Ne pouuant vous seruir par ma main impuissante,
Que ie vous serue au moins par ma voix languissãte;
Peut-estre que le Ciel satisfait & content,
Veut pour vostre salut vous donner cet instant.

SAVL.

Songer à mon salut, quand ie perds vn Empire!
Quand le Ciel me poursuit, quand Ionathas expire!

IONATHAS.

Ma mort est honnorable aussi-bien que mes coups,
Voulez-vous l'adoucir? ha Sire, sauuez-vous.

SAVL.

Vn Roy qui n'a plus rien à perdre que la vie,
Ne peut trop tost en perdre, & l'vsage & l'enuie.

IONATHAS.

Vn Roy qui se void libre, & qui porte vn grand cœur,

Est tousiours en estat, de vaincre son vainqueur.
Sauuez-vous.

SAVL.

Tout s'oppose au salut de ton Pere,
La terre, les enfers, & le Ciel en colere:
Ce corps mesme, ce corps, que tu voudrois sauuer,
Ce corps qu'à l'ennemy tu voudrois enleuer,
Ce corps percé de coups, & que la force laisse,
S'oppose à son salut par sa propre foiblesse.

IONATHAS.

Achais, n'appelle Abner, & qu'il vienne au secours.
Ha! Sire.

SAVL.

Ha! ce moment a terminé ses jours,
Il est mort, ils sont morts, déplorables victimes,
Et ce qui plus me gesne, ils sont morts par mes crimes.
Enfans infortunez, ie ne vous pleure pas
Pour auoir ressenty les rigueurs du trespas:
Helas! de vos vertus vostre mort est vn gage,
Elle est digne de vous & de vostre courage,
C'estoit pour le païs que vous deuiez perir,
Et c'est pour le païs qu'on vous a veu mourir.

Donc

Donc cette mort est belle, & vaut mieux que la vie,
Elle n'est pas à plaindre, elle est digne d'enuie,
Et telle que des Rois heureux & triomphans
La pourroient souhaiter pour leurs propres enfans.
Non, ie ne me plains pas de voir dessus la terre
Vostre sang respandu par le sort de la guerre;
Mais si le desespoir s'empare de mon cœur,
S'il chasse ma raison, s'il se rend mon vainqueur,
C'est parce que ie voy que de vostre ruine
Mes forfaits seulement ont esté l'origine,
Et que par vn malheur, qui passe les plus grands,
Le chastiment du Pere a perdu les enfans.
Espouuentable Arrest du Ciel inexorable,
Qui perd trois innocens pour punir vn coupable,
Et qui pour m'accabler sous vn plus rude poids
Semble au moins affecter d'estre injuste vne fois!
Pitoyables objets, ce matin mes delices,
Puisque le Ciel le veut maintenant mes supplices,
M'est-il au moins permis d'esperer seulement
D'auoir en nos malheurs vn mesme monument?
Grandeur tousiours à craindre, & tousiours desirée,
Grandeur par tout funeste, & par tout adorée,
Charmante illusion qui flattes, qui seduits,
On te suit, on te cherche, & voyla de tes fruits. Il mõstre ses enfans
Quiconque en vn Empire a de la confiance,
Qu'il considere en moy sa fatale inconstance,

O

Qu'il juge si d'vn Roy le destin est si beau,
Le matin dans le Thrône, & le soir au tombeau,
Et le soir si destruit, qu'à l'instant qu'il succombe
A peine seulement attend-il vne tombe:
A peine seulement peut-il pour son repos
Esperer que la terre enueloppe ses os.
O Ciel, quand vous donnez la grandeur souueraine,
Monstrez-vous vostre amour, ou plustost vostre haine?
Puisqu'vn Thrône est remply de tant d'auersitez,
O Ciel nous aimez-vous quand vous nous y portez?

L'ESCVYER.

Sire, de tous costez le danger vous menace,
Ie voy les ennemis presque sur cette place,
Vous estes poursuiuy, tâchez de vous sauuer,
Si le Ciel vous abat, il peut vous releuer.

SAVL.

Iuge par les assauts que la terre me donne,
Que le Ciel en courroux me quitte & m'abandonne.
Mais puisqu'il faut perir, & qu'on resiste en vain,
Que ne puis-ie perir les armes à la main?
Mais la perte du sang rend mon bras inutile,
Le cœur ne peut plus rien dans vn corps si debile;
Enfin dans mes malheurs, pour comble de tourment,

Il ne m'est pas permis de mourir noblement.
Mais si l'injuste sort me rauit cette gloire,
Desrobe aux ennemis le fruit de leur victoire,
Empesche que ton Roy, plus gesné qu'aux enfers,
Perisse par leurs mains, ou tombe dans leurs fers?

L'ESCVYER.

Commandez, j'obeïs, que faut-il entreprendre?

SAVL.

M'ouurir la sepulture, & m'y faire descendre,
Auance donc la mort où tu me vois courir,
Et que ie meure au moins lors que ie veux mourir.
Acheue enfin mes iours, de peur qu'vn Roy barbare
N'adjouste la risée aux maux qu'il me prepare;
Estre vaincu d'vn Roy dont ie fus attaqué,
M'est vn moindre malheur que d'en estre moqué.

L'ESCVYER.

Sire.

SAVL.

Preste la main à ma force abbatuë,
Voylà, voylà mon cœur, acheue, frappe, tuë,
Monstre en obeïssant à ma derniere loy,
Que ie porte au tombeau la qualité de Roy.

L'ESCVYER.

Ha Sire! commandez des choses legitimes.

SAVL.

Ma mort est vn bien-fait.

L'ESCVYER.

C'est le plus grand des crimes.

SAVL.

Si ma mort est vn crime en venant de ton bras,
Ton Roy t'en absoudra quand tu le commettras.

L'ESCVYER.

Permettez...

SAVL.

Responds moy seulement par l'espée.

L'ESCVYER.

Plustost dedans mon sang elle sera trempée.

SAVL.

Doy-ie donc aujourd'huy par ton zele inhumain,
Ou me voir lâche esclaue, ou mourir de ma main?

Veux-tu qu'vn ennemy superbe en la victoire
Fasse seruir ma honte à l'éclat de sa gloire,
Ou qu'armant contre moy ma derniere fureur
Ie me rende moy-mesme vn spectacle d'horreur?
Priué de tout secours, & parmy tant de gesnes,
Que voy-ie de certain que la mort ou les chaisnes?
Et dedans vn malheur si pressant & si fort,
Que doit choisir vn Roy des fers ou de la mort?
Ha! ne me reduits point à ce malheur extresme,
De perir par ma main, de me perdre moy-mesme.
Frappe, voylà dequoy preuenir mon dessein,
Ie te fourny d'vn fer, fournis-moy d'vne main,
Pour ton dernier seruice espargne-nous vn crime,
Ne pouuant me sauuer, sauue au moins mon estime;
En l'estat où ie suis, croy que mes plus grands biens
Consistent à perir par les armes des miens.
Quoy, tu crains de frapper, & voyant ma foiblesse,
Et voyant de si pres l'ennemy qui me presse!
Abandonner ton Prince à l'ennemy vainqueur,
Est-ce vn moindre attentat que de percer son cœur?
Quelle main pour vn Roy te semble plus humaine,
Ou celle qui le tuë, ou celle qui l'enchaisne?
Sçache, sçache insensé, qu'vn Prince est beaucoup mieux
Dans vn noble cercueil qu'en des fers odieux;

Sçache, sçache qu'vn Roy constant & raisonnable
Aime autant que le Throne vn sepulchre honorable.
Mais i'ay tort de pretendre & d'implorer de toy
Ce que mon desespoir peut obtenir de moy:
Il faut, puisque le Ciel ordonne que ie tombe,
Que Saül soit le faix sous qui Saül succombe.
Enfans, que n'ay-ie au moins ce noble reconfort
De pouuoir en mourant doubter de vostre mort?
Mais c'est me plaindre en vain, & par des plaintes vaines
Contribuer moy-mesme à prolonger mes peines.
O vous qui me suiuez, superbes ennemis,
A qui comme vn grand bien mon desastre est promis,
Si par la main du Ciel contre nous animée,
Vous auez triomphé d'vne puissante armée,
Apprenez par ce coup qui vous desrobe vn Roy,
Que Saül seulement peut triompher de soy.

L'ESCVYER.

Ha Sire! il est tombé sur sa fatale espée,
Il est mort, ô Fortune & trompeuse & trompée!
Mais parmy tant de maux, de carnage & d'effroy,
Mon destin le plus doux est de suiure mon Roy.

FIN.

Extraict du Priuilege du Roy.

PAR Grace & Priuilege du Roy, donné à Paris le 8. iour d'Auril 1642. Signé par le Roy en son Conseil, LE BRVN, il est permis à Augustin Courbé Marchand Libraire à Paris, d'imprimer ou faire imprimer vne piece de Theatre, intitulée *Saül, du Sieur du Ryer*, durant cinq ans: Et defenses sont faites à tous autres d'en vendre d'autre impression que de celle qu'aura fait faire ledit Courbé ou ses ayans cause, à peine de trois mille liures d'amende, & de tous ses despens, dommages & interests, ainsi qu'il est plus au long porté par ledit Priuilege.

Et ledit Courbé a associé audit Priuilege Antoine de Sommauille, aussi Marchand Libraire à Paris, suiuant l'accord fait entr'eux.

Acheué d'imprimer le dernier May 1642.

www.ingramcontent.com/pod-product-compliance
Ingram Content Group UK Ltd.
Pitfield, Milton Keynes, MK11 3LW, UK
UKHW021618260726
13965UKWH00007B/1108

9 782013 540216